GRöLS Verlage

„BÜCHER SIND WIE FALLSCHIRME. SIE NÜTZEN UNS NICHTS, WENN WIR SIE NICHT ÖFFNEN.“

**Gröls Verlag**

## Redaktionelle Hinweise und Impressum

Das vorliegende Werk wurde zugunsten der Authentizität sehr zurückhaltend bearbeitet. So wurden etwa ursprüngliche Rechtschreibfehler *nicht* systematisch behoben, denn kleine Unvollkommenheiten machen das Buch – wie im Übrigen den Menschen – erst authentisch. Mitunter wurden jedoch zum Beispiel Absätze behutsam neu getrennt, um den Lesefluss zu erleichtern.

Um die Texte zu rekonstruieren, werden antiquarische Bücher von Lesegeräten gescannt und dann durch eine Software lesbar gemacht. Der so entstandene Text wird von Menschen gegengelesen und korrigiert – hierbei treten auch Fehler auf. Wenn Sie ebenfalls antiquarische Texte einreichen möchten, finden Sie weitere Informationen auf www.groels.de

Viel Freude bei der Lektüre wünscht Ihnen das Team des Gröls-Verlags.


**Adressen**

Verleger: Sophia Gröls, Im Borngrund 26, 61440 Oberursel

Externer Dienstleister für Distribution & Herstellung: BoD, In de Tarpen 42, 22848 Norderstedt

**Unsere „Edition | Werke der Weltliteratur“** hat den Anspruch, eine der größten und vollständigsten Sammlungen klassischer Literatur in deutscher Sprache zu sein. Nach und nach versammeln wir hier nicht nur die „üblichen Verdächtigen“ von Goethe bis Schiller, sondern auch Kleinode der vergangenen Jahrhunderte, die – zu Unrecht – drohen, in Vergessenheit zu geraten. Wir kultivieren und kuratieren damit einen der wertvollsten Bereiche der abendländischen Kultur. Kleine Auswahl:

**Francis Bacon** • Neues Organon • **Balzac** • Glanz und Elend der Kurtisanen • **Joachim H. Campe** • Robinson der Jüngere • **Dante Alighieri** • Die Göttliche Komödie • **Daniel Defoe** • Robinson Crusoe • **Charles Dickens** • Oliver Twist • **Denis Diderot** • Jacques der Fatalist • **Fjodor Dostojewski** • Schuld und Sühne • **Arthur Conan Doyle** • Der Hund von Baskerville • **Marie von Ebner-Eschenbach** • Das Gemeindekind • **Elisabeth von Österreich** • Das Poetische Tagebuch • **Friedrich Engels** • Die Lage der arbeitenden Klasse • **Ludwig Feuerbach** • Das Wesen des Christentums • **Johann G. Fichte** • Reden an die deutsche Nation • **Fitzgerald** • Zärtlich ist die Nacht • **Flaubert** • Madame Bovary • **Gorch Fock** • Seefahrt ist not! • **Theodor Fontane** • Effi Briest • **Robert Musil** • Über die Dummheit • **Edgar Wallace** • Der Frosch mit der Maske • **Jakob Wassermann** • Der Fall Maurizius • **Oscar Wilde** • Das Bildnis des Dorian Grey • **Émile Zola** • Germinal • **Stefan Zweig** • Schachnovelle • **Hugo von Hofmannsthal** • Der Tor und der Tod • **Anton Tschechow** • Ein Heiratsantrag • **Arthur Schnitzler** • Reigen • **Friedrich Schiller** • Kabale und Liebe • **Nicolo Machiavelli** • Der Fürst • **Gotthold E. Lessing** • Nathan der Weise • **Augustinus** • Die Bekenntnisse des heiligen Augustinus • **Marcus Aurelius** • Selbstbetrachtungen • **Charles Baudelaire** • Die Blumen des Bösen • **Harriett Stowe** • Onkel Toms Hütte • **Walter Benjamin** • Deutsche Menschen • **Hugo Bettauer** • Die Stadt ohne Juden • **Lewis Caroll** • *und viele mehr….*

# Karl Simrock

# Die Schildbürger

## Inhalt

## Erstes Kapitel

*Von dem Ursprung, Herkommen und Namen der Schildbürger in Misnopotamien.*

Es haben die Alten vor vielen hundert Jahren diesen herrlichen Spruch gehabt, welcher auch noch zu diesen unsern Zeiten wahr ist und deßhalb gelten soll:

Eltern, wie die geartet sind,
So ist gemeinlich auch ihr Kind:
Sind sie mit Tugenden begabt,
An Kindern ihr deßgleichen habt.
Kein guter Baum giebt böse Frucht,
Gern schlägt der Mutter nach die Zucht.
Ein gutes Kalb, eine gute Kuh,
Das Junge wächst dem Vater zu.
Gewann der Adler hoch von Muth
Wohl je furchtsame Taubenbrut?
Doch merk mich recht, merk mich mit Fleiß,
Was man nicht wäscht, wird selten weiß.

Eben dies kann man von den Schildbürgern (hinter Kalekut, in dem großmächtigen Königreich Misnopotamien), zu ihrem großen Ruhm und Lob, wohl mit gutem Fug gesagt werden, denn auch sie sind in ihrer lieben Voreltern Fußstapfen getreten, darin verharrt und mit nichten davon abgewichen, bis sie die große Noth, der kein Gesetz vorgeschrieben ist, weil sie keins haben halten können, so wie die Erhaltung und Förderung des lieben Vaterlands und gemeinen Wohls, dem man alle Treue zu leisten schuldig, davon abgetrieben und einen andern Weg einzuschlagen genöthigt, wie ihr der Länge nach in Kurzem vernehmen sollt. Uns Allen zu augenscheinlichem Exempel, daraus zu lernen, welchermaßen wir unsern lieben Eltern in guten Sitten und Tugenden nachschlagen, und gelegentlich aus der Noth eine Tugend machen sollen.

Den so wir dem gemeinen Gerücht, welches von ihnen im ganzen Land umgeht, glauben wollen (welches wir wohl thun müssen, angesehen, daß keine Schreibenten mehr vorhanden, die davon geschrieben hätten, da ihre Schriften mitsammt den Geschlechts-Registern und Chroniken in der ungeheuern Feuersbrunst, da Schildburg mit Allem, was drinnen verbronnen, ein Raub der Flammen geworden, wie hernach seines Orts vermeldet werden soll), so wir, spreche ich, dem gemeinen Gerücht, welches nicht allzeit leer und nichtig, sondern gemeinlich, wo nicht ganz, doch zum Theil wahr ist, glauben wollen: werden wir befinden, daß ihre ersten Voreltern aus Griechenland hergekommen, und von einem der sieben Weisen erzeugt worden. Welches denn, laut obigem Spruch, aus ihrer edeln Art und hohen Weisheit leichtlich abzunehmen; wie denn der Name Misnopotamien, welcher griechisch ist, und einen Schwätzer bedeutet (wie die Griechen gemeinlich, doch nicht Alle, sind), davon auch etlichermaßen Zeugniß ablegt. Welcher aber von den sieben Weisen Griechenlands ihr Ahnherr gewesen, ist ihnen eben so unbewußt, als dem Juden Schmul unbekannt ist, von welchem Stamm der Kinder Israel er abgestiegen.

Doch kann man muthmaßen und ist aus obigen Gründen glaublich – wie die Griechen mehrmals gegen ihre Wohlthäter und Väter des Vaterlands undankbar gewesen, und nach empfangenen Wohlthaten sie, wo nicht gar hingerichtet und getödtet, wie den Miltiades, Phocion und Andere, doch in's Elend verwiesen und aus dem Land gejagt, wie den Lykurgus, Theseus, Solon, Aristides, Themistokles und mehrere Andere, welche ihr Vaterland fliehen und anderswo in fremden Landen ihr Leben verzehren und beschließen müssen – daß Einer derselben, und ohne Zweifel, wie die Sache selbst zeugt, nicht der geringste und schlechteste, in den gemeldeten Landesstrich gekommen, sich daselbst mit Weib und Kindern angesiedelt und solche nach seinem Ableben hinterlassen habe.

An diesen Kindern ist wahr geworden, was oben und sonst in einem andern Sprichwort gemeldet wird, welches also lautet:

Der Apfel fällt nicht weit vom Stamm,
Und wie der Widder ist das Lamm –

Denn sie schlugen ihrem Vater nach, an Weisheit und Verstand, und wollten deßhalb, wie einmal Gebrannte das Feuer scheuen, als Kinder, die mit fremdem Schaden klug und witzig geworden, der Griechen Undankbarkeit, um deren Willen sie Fremdlinge worden, nicht noch einmal erfahren. Darum wurden sie zu Rath, in selbigem Lande zu verbleiben, gewisse und stete Wohnung zu nehmen, sich der Feld-Arbeit und Viehzucht zu ergeben, damit vorlieb zu nehmen und sich mit fremden Geschäften gar nicht, oder ja so wenig als möglich, zu beladen.

## Zweites Kapitel

*Von großer Weisheit und hohem Verstand der Schildbürger und wie sie deßhalb von Fürsten und Herren vielfach von Hause abberufen wurden und dadurch daheim in Schaden geriethen.*

Dieweil nun der erste Schildbürger ein so hochweiser und verständiger Mann gewesen, ist leicht zu erachten, daß er seine Kinder nicht wie das unvernünftige Vieh, welches keinen Herrn oder Meister hat, habe herumlaufen lasen, oder der Mutter, wie Viele zu thun pflegen, die Sorge befohlen: sondern ohne Zweifel ist er ein trefflicher Vater gewesen, der ihnen nichts Arges nachgesehen und weil er wußte, wie die Mütter, wenn ihnen die Sorge befohlen, ihre Kinder verwahrlosen, selbst alle Sorge über sie getragen, und sie zu allem Guten geführt und angeleitet habe.

Daher sie, die von ihrem getreuen Vater und Lehrmeister unterwiesen worden und fleißig gelernt hatten – wie denn die rechte Unterweisung und Lehre, zu welcher die Natur selbst den Grund legt, sehr viel thut, indem sie das einmal angefangene Werk welches sonst unvollkommen bliebe, zur Vollkommenheit führt, wenn das Lehren und das Lernen (welche beisammen sein müssen, so etwas Gutes daraus werden soll) mit dem Fundament, welches die Natur anfänglich gelegt, übereinkommen und sich eins mit dem andern verbindet und vereinbart – daher sie, sage ich, auch mit allen Gaben und Tugenden, vornehmlich mit Weisheit, aufs Höchste begabt und geziert, ja überschüttet wurden, so daß ihnen damals in der Welt (die doch so groß und weit ist, daß ihr Ende noch nicht gefunden worden, obgleich die unersättlichen Hispanier und Andere unendliche Arbeit und Kosten darauf gewendet) Niemand vorzusetzen; – was vorzusetzen? sage vielmehr zu vergleichen gewesen. Denn die weisen Leute waren zu derselben Zeit gar dünn gesäet und war nun ihrer Einer, wenn sich einmal Einer hervorthat und sehen ließ, gar ein seltenes Ding. Sie waren nicht so gemein, wie sie jetzt unter uns sind, wo ein Jeder, und gemeinlich die größten Thoren und Narren, weise sein und für klug gehalten werden will.

Der Ruhm und das Lob von diesem ihrem hohen Verstand und vortrefflicher Weisheit erscholl bald in allen umliegenden Städten, ja durch alle Lande breitete sich deren Glanz und Schein aus und ward Fürsten und Herren bekannt, wie denn ein so herrliches Licht sich nicht leichtlich verbergen läßt, sondern allzeit hervorleuchtet und seine Strahlen von sich wirft.

Daher es denn geschah, daß oftmals aus weit entlegenen Orten, von Kaisern, Königen, Fürsten, Herren und Städten stattliche Botschaften zu ihnen abgefertigt wurden, bei ihrer Weisheit in zweifelhaften und streitigen Fällen sich Raths zu erholen. Da war denn allezeit bei ihnen guter Rath überflüssig zu finden, weil sie ja voller Weisheit steckten. Man befand auch nie, daß ihre treuen Rathschläge ohne offenbaren Nutzen und Frommen verblieben, und nicht allzeit darauf erfolgt wäre, was man gesucht, sofern man sie befolgt und ausgeführt hatte, welches natürlich geschehen muß, wenn man etwas Gutes auszurichten begehrt. Solches brachte ihnen erst ein rechtes Lob bei Jedermänniglich und schuf ihnen einen großen Namen durch die ganze Welt.

Daher wurden sie denn auch mehrmals höchlich begabt und beschenkt, mit Gold, Silber, Edelgestein und andern kostbaren Sachen und Kleinodien, wie sie wohl werth waren; denn die Weisheit ward damals weit höher geschätzt als jetzunder, wo die Narren hervorgezogen und obenan, oft auch allein an der Herren Tafel gesetzt, die Weisen aber gering geschätzt, wo nicht gar verachtet und verstoßen werden. Aber das Alles schlugen sie, als weise und verständige Leute, nicht hoch an, hielten vielmehr dafür, wie auch gewiß und wahr, daß die Weisheit mit Geld und Gut nicht zu bezahlen sei, weil sie alles Andere um so viel übertreffe, als die helle lichte Sonne die andern Sterne übertrifft, welchen sie ihren Schein giebt. Denn:

Nichts übertrifft den weisen Mann,
Dem nie kein Gut gebrechen kann.
Ist reich, frei, schön und wird geehrt,
Trotz einem König, der's ihm wehrt.

Endlich kam es dazu, daß Fürsten und Herren, die ihrer in keiner Weise entrathen konnten, nicht mehr Botschaften zu ihnen senden wollten, sie um Rath zu fragen, vielmehr ein Jeder begehrte der Schildbürger einen selbst persönlich bei sich am Hofe und an seiner Tafel zu haben, damit er sich desselben bei vorfallenden Geschäften täglich bedienen und aus seinen Reden, als aus einem unerschöpflichen Brunnen des besten Wassers, die Weisheit lernen und schöpfen könnte. Wie denn einen Fürsten nichts mehr ziert, und er auch ein großes und theures Kleinod nicht haben kann, als allein die Weisheit; um welche, als das höchste Gut, das der Mensch in diesem Leben erlangen mag, der König Salomon so inniglich Gott gebeten, und die doch nicht besser zu gewinnen und, so viel nur menschenmöglich, durch Mittel zu erlangen, als wenn man in Betracht, daß –

Nachdem sich Einer gesellen thut,
Er gewißlich bös wird oder gut –

Leute um sich hat, bei welchen solche hohe Gabe leuchtet und scheint, sie anhört, ihrer weisen Reden wahrnimmt, sie behält und sich zu Nutzen macht. Wer Pech anrührt, der wird davon besudelt: warum sollte denn, wer sich zu Guten und Weisen gesellt, nicht auch gut und weise werden? Aber es ist nicht Noth, daß ich so viel davon sage.

Gemeldeter Ursachen willen wurden täglich aus der Schildbürger Zahl jetzt Einer, bald wieder Einer, jetzt Dieser, bald Jener beschickt und von Hause abgefordert in weit entlegene Lande, wo man ihrer Ankunft dringend benöthigt war. Und weil ihrer nicht so viel gewesen, daß Einer den Andern hätte können an seine Statt stellen, kam es in kurzer Zeit dahin, daß schier Keiner mehr einheimisch blieb, sondern alle von Haus abwesend waren. Also mußten die Weiber an der Männer Statt stehen, und für sie Alles verwesen und bestellen, den Feldbau, das Vieh und Alles, was sonst dem Manne zusteht, welches sie jedoch nicht eben ungern thaten, weil sie, die ohnedies allzeit den Männern nach dem Bart zu greifen begehren, hiedurch die Gewalt in die Hände bekamen und Meister Siemann daheim wurden.

Wie es aber noch heut zu Tage zu geschehen pflegt, daß Weiber-Arbeit und Gewinn gegen das, was die Männer arbeiten und gewinnen, gar gering ist, denn obgleich sie sich auf's Heftigste und Möglichste bemühen und zappeln, richten sie doch wenig damit aus; also erging es auch diesmal zu Schildburg. Doch gilt das nur, wenn die Weiber die Arbeit der Männer verrichten sollen; sonst sind die Arbeiten der Weiber und Männer also unterschieden, daß alle Männer zusammen nicht ein einziges Kindlein, wie klein es auch wäre, gebären könnten, sie müßten es denn ausbrüten, wie Jener die Käse, aus welchen er meinte Kälber auszuhecken. Dagegen müßte man viel Weiber haben, wenn man durch sie die feste Stadt Wien in Österreich (welche Gott der Herr zum Schutz der Christenheit lange Zeit schirmen und erhalten wolle) oder die namhafte Stadt Straßburg mit Gewalt gewinnen sollte. Denn aus Mangel des Bauens fingen die Feldgüter an zurückzugehen und baulos zu werden, sintemal des Herrn Fußtritte, welche allein den Acker recht düngen, darauf nicht gespürt wurden; das Vieh, das sonst nur durch des Herrn Auge recht fett wird, ward mager, verwildert und unnütz, Werkzeug und Geschirr verschliß und ward nicht gebessert noch wieder gemacht, Knechte und Mägde fielen in Ungehorsam und wollten nichts mehr schaffen noch thun, denn sie bildeten sich ein, weil die Herren und Meister nicht anheimisch wären, und man derselben doch nicht entrathen könnte, so stände es ihnen zu, unterdessen Herren und Meister zu sein. Welches Aller nicht zu verwundern war, denn, wie schon zum Theil vermeldet:

Des Herren Tritt den Acker düngt,
Des Herren Aug das Vieh verjüngt;

Des Herren Gegenwärtigkeit
Hält in Gehorsam Knecht und Maid,
Wohin der Herr nicht selber kommt,
Da wird gewiß nicht viel gefrommt.

In Summa, weil die frommen Schildbürger Jedermann begehrten zu dienen, und Alles richtig zu machen, was unrichtig war, nicht aus Geiz und um des lieben Geldes, sondern der gemeinen Wohlfahrt willen, so geriethen sie dadurch in verderblichen Schaden, und es erging ihnen wie denen, welche die Balgenden begehren zu scheiden und Frieden zu stiften. Denn:

Wenn, wo sich Tröpfe balgen,
Ein Mittler tritt herbei,
O Butter an den Galgen!
Nun sind der Tröpfe drei.

## Drittes Kapitel

*Wie die Weiber zu Schildburg Rath fassen, ihre Männer wiederum heim zu fordern und deßhalb ein Schreiben an sie abschicken.*

Wunderlich ist es, daß weder die Männer ohne die Weiber, noch hinwieder die Weiber ohne die Männer haushalten können, weil aus solcher Absonderung immer zu viel Schaden und Ungemach entsteht. Denn wo kein Mann ist, da ist auch keine Meisterschaft, und wo keine Meisterschaft, da ist auch keine Furcht, wo keine Furcht ist, da thut Jeder was er will, wo Jedes thut, was es will, da folgt selten Eins des andern Rath; wo Keins dem Andern folgt, da kommt selten etwas Rechtes zu Stande. Es muß ja allzeit Eins dem Andern die Hand reichen und die Arbeit, damit sie gefördert werde, abnehmen, wie wir in allen Gewerkstädten sehen. Dagegen, wo kein Weib ist, da hat der Mann keine kleine Haushaltung, und wo der

Mann keine kleine Haushaltung hat, da ist er in der großen Haushaltung schon geschlagen, denn wie man spricht, wenn der Hagel in die Küche schlägt, so trifft er überall. Daß ich der Kinderzucht und anderer Dinge hier nicht gedenke. Man mag also sagen:

Da wo ein Mann ist und kein Weib,
Da ist ein Haupt, doch ohne Leib,
Und wo ein Weib ist ohne Mann,
Ein Leib ist's, doch kein Haupt daran.

Daher, weil Eins das Andere ergänzt und darum Eins ohne das Andere nicht bestehen kann, geschieht es, daß immer Eins das Andere begehrt, sucht und zu sich nimmt, davon abgesehen, daß sie oft untereinander uneins sein werden, der Mann zuweilen das Weib aus dem Hause jagt und dagegen manchmal das Weib dem Manne den Krieg macht. Daß sich dies so verhalte und nicht anders, ist aus dem, was hernach folgt, genugsam abzunehmen. Denn in Betracht des Unheils und Ungemachs, das aus der Schildbürger Abwesenheit täglich und vielfältig erfolgt war, kam die ganze weibliche Gemeinde, welche indessen das Regiment führen und die Ämter verwalten müssen (wie meint ihr, daß es gegangen sei?), zusammen, den gemeinen Nutz und Wohlstand zu beherzigen und zu bedenken, dem drohenden verderblichen Schaden aber zu begegnen und zu steuern, damit ihrer Güter und Gewerbe Rückgang, ja ihrer aller endlichem Verderben und Untergang zuvorgekommen und vorgebeugt würde. Nach langem Bedenken und vielem Geschwätz und Geschnatter wurden sie letztlich des Raths einig, daß sie ihre Männer zurückfordern und heimberufen wollten.

Solchen Rathsbeschluß ins Werk zu richten, ließen sie folgendermaßen einen Brief stellen und schreiben, und schickten ihn durch gewisse Boten nach allen den Orten und Enden, wo sie wußten daß ihre Männer waren; welcher dann Allem und Jedem insbesondere Folgendes zu Gemüthe führte:

## Viertes Kapitel

*Abschrift des Briefs, den die Weiber zu Schildburg an ihre Männer gesendet.*

„Wir die ganze weibliche Gemeinde zu Schildburg entbieten euch, unsern getreuen herzlieben Ehemännern, sämmtlich und sonderlich unsern Gruß und fügen hiemit zu wissen: Demnach (Gott Lob und Dank) unser ganzes Geschlecht der Schildbürger mit höchster Weisheit und Verstand solchermaßen begabt und vor andern gesegnet worden, daß auch weit entfernte Fürsten und Herren selbige nicht allein zu hören begehrten, sondern sich auch bei vorfallenden Geschäften derselben zu bedienen sonderbare Lust bezeigten und deßhalb euch Alle von Haus und Hof, von Weib und Kind abforderten und nun lange Zeit bei ich behielten; da denn zu besorgen, daß sie euch mit Gaben und Verheißungen, welche, die letzten sonderlich, bei solchen Personen sehr groß sind, solchermaßen verhaften und vestricken werden, daß ihr gar nicht mehr abkommen könnt, sondern in der Fremde, wiewohl wir auch sonst schon Fremdlinge sind, ferne von uns und euren lieben Kindlein, ferne von Allem, was euch lieb ist und angenehm, euer Leben zubringen und beschließen müsset; wodurch aber unsern Sachen zu Hause weder gerathen noch geholfen ist, sintemal alle Dinge in Abgang gerathen, das Feld, aus welchem wir unsere Nahrung haben, aus Mangel des Baus verdirbt, das Vieh verwildert, das Gesinde ausartet, die Kinder, welche wir arme Mütter gemeinlich gar zu sehr, und mehr als oftmals gut ist, lieben, ungehorsam werden; anderes Ungemachs, das aus eurer Abwesenheit entsteht, welches ihr nach eurer Weisheit und hohem Verstand selbst errathen könnt, zu geschweigen, und nicht zu gedenken, daß unser Geschlecht der Schildbürger, welches nun so viele Jahre gewährt, dadurch in Abgang kommt und aus Mangel der kleinen Haushaltung zuletzt ganz untergeht: Also haben wir, in Betrachtung dieser und anderer Ursachen, nicht können unterlassen, wie wir denn auch zu thun schuldig, euch hiemit eures Berufs und Amts zu erinnern und wiederum heim zu fordern.

Welches ihr denn um so viel eher annehmen und thun werdet, wenn ihr betrachtet und zu Herzen führt, wie so gar unbilliger Weise wir armen Weiber von euch, die ihr uns nach eurer Zusage Treu und Glauben zu halten und zu leisten schuldig und verbunden, nunmehr eine lange Zeit so ganz verlassen gewesen, gleichsam als hätten wir mit einander nie etwas weder zu schicken noch zu schaffen gehabt, die wir doch euer eigen Fleisch und Blut unter dem Herzen getragen haben. Hat die Natur es auch selbst unvernünftigen Thieren eingepflanzt, daß sie ihre Zucht und Gesellschaft nicht verlassen und verrathen, wovon euch augenscheinliche Exempel täglich schamroth machen sollten: wie viel mehr gebührt es einer vernünftigen Kreatur, einem mit Weisheit und Verstand begabten Menschen, seiner Gesellin anzuhangen und ihr getreue Hülfe und Beistand zu leisten! Wie widersinnig und widernatürlich es sei, daß Einer sich selber versäume, das werdet ihr wohl erachten: wie könnt ihr denn uns, und hiemit euch selber, sintemal wir und ihr ein Fleisch sind, verlassen? Bedenket die Kinder, die wir miteinander gezeugt, welche nun schon anfangen zu fragen, wer doch ihre Väter seien? Was meint ihr, daß sie euch für großen Dank sagen werden, wenn sie erwachsen, und von uns vernehmen, daß ihr sie trost- und hülflos verlassen und dem Verderben überwiesen, ja vorgeworfen habt? Meinet ihr nicht, daß die natürliche Liebe und Zuneigung, die sie zu euch tragen sollten, dadurch erlöschen werde?

Fürwahr, das Glück ist kugelig und wandelbar, und verkehrt sich bald. Habt ihr nie gehört den alten Spruch:

Jungfernlieb und Rosenblätter,
Herrengunst, Aprilenwetter,
Falsche Würfel, Kartenspiel,
Suchen bald ein ander Ziel.

Vermeint ihr, der Fürsten und Herren Gunst werde euch allzeit gleich geneigt bleiben? Die alten Hunde, wenn sie ausgedient und sich mit Jagen abgearbeitet haben, also daß sie mit ihren stumpfen Zähnen die Hasen nicht mehr halten können, so pflegt sie der Jäger an den nächsten Baum, der ihm gefällt, aufzuhenken und so ihre getreuen Dienste zu belohnen. Wie viel besser und nützlicher, ja rühmlicher und löblicher wär es euch, wenn ihr daheim zu Haus, euern selbsteigenen Sachen und Händeln nachgehend und nachtrachtend, in guter Ruhe, Frieden und Freiheit lebtet, die Früchte eurer Güter genösset und euch mit euren Weibern und Kindern, Gefreunden und Verwandten erlustigtet und erfreutet, unbesorgt, daß Jemand euch von solcher Freiheit, die höher als alles Geld und Gold zu schätzen, verdränge und verstoße! Und ob man gleich auch andern Leuten helfen und rathen soll, so könnt ihr Solches wohl befolgen und dennoch zu Haus und bei den Euren bleiben. Wer euer bedarf, der wird euch schon suchen und finden, wenn es ihm anders sonderlich Noth thut.

Alles das werdet ihr, liebe Männer, viel besser betrachten und erwägen, als wir es schreiben wollen, daß nämlich die Sachen in gemeldeter Weise beschaffen, ja daß noch viel mehr wichtige und dringende Ursachen, davon wir allhier geschweigen, euch dazu bewegen und treiben sollen. Hiemit beschließen wir diesen Brief, in der Hoffnung, diese unsere Ermahnung und Erinnerung werde bei euch so viel Platz greifen, daß ihr euch also bald und unverzüglich aufmachen und heimkehren werdet, wo ihr nicht bald fremde Vögel in euerm Nest sehen wollt, und hören, wie sie euch zupfeifen: Vor der Thür ist draußen. Darum seid vor Schaden gewarnet. Beschlossen und gegeben zu Schildburg, mit eurem Siegel, welches euch und mit nichten uns Weibern zu verwahren gebürte, besiegelt und verwahrt, auf (Jahr und Tag) u.s.w."

## Fünftes Kapitel

*Wie die Männer nach empfangenem Schreiben wieder heimkehren und wie sie von ihren Weibern empfangen werden.*

Sobald den Männern das gemeldete Schreiben behändigt und überantwortet worden und sie dessen Inhalt gelesen und verstanden hatten, ward ihnen alsbald ihr Herz dadurch gerührt, also daß sie in sich gingen und gedachten, weil dem wirklich ja also wie ihre Weiber geschrieben hätten, so wär' es höchst nothwendig, daß sie wieder heimkehrten. Darum begehrten sie alsobald von ihren Herren einen gnädigen Urlaub, daß sie heimkehren und ihren häuslichen Geschäften vorstehen und wieder aufhelfen möchten. Solches ward ihnen von ihren Herren gegönnt und zugelassen, wiewohl sie es ungern thaten, denn wer wollte solche weise Leute nicht allzeit gern bei und um sich haben? Jedoch mußten sie versprechen, wo man ihrer ferner bedürfen würde, sich gebrauchen zu lassen. Also kamen die Schildbürger, nachdem sie lange genug ausgewesen, wiederum heim, mit Ehren und großen Gaben; wie denn ein weiser Mann aller Ehren und alles Gutes wohl werth ist, und es nicht zuviel würde, wenn man ihn mit Gold aufwägen sollte.

Sie fanden aber bei ihrer Wiederkunft in allen ihren Sachen solche Unordnung und Verwirrung, daß sie sich, so weise sie auch waren, nicht genug verwundern konnten, wie es nur möglich sei, daß sich in der kurzen Zeit ihrer Abwesenheit so viel habe verkehren können. Aber Rom, das in vielen hundert Jahren kaum gebaut worden, kann wohl in einem Tage gebrochen und zerstört werden.

Der Schildbürger Weiber waren zwar der Rückkunft ihrer Männer sehr froh, empfingen sie aber nicht Eine wie die Andere. Denn wie sie von Natur und Complexion ungleich geartet und gesinnt waren, so empfingen auch Einige ihre Männer ganz freundlich und liebreich, wie ein rechtschaffenes Weib billig thun wird vermöge der Tugenden, welche das weibliche Geschlecht sonderlich zieren sollen; Andere aber fuhren ihre Männer mit harten, rauhen und zweischneidigen Worten an und hießen sie in aller Teufel Namen solchermaßen willkommen, daß ihnen viel besser gewesen wäre, wenn sie in der Fremde geblieben wären. Welches denn leider jetzund viel Weiber im Brauch haben, die doch selten etwas Anderes damit gewinnen, als daß sie Püffe davontragen und unwillige Männer machen.

Sonst waren sie gemeinlich allzumal fröhlich, stellten Freudenfeste an und waren von Herzen gut Freund mit ihren Männern. Wie aber der Weiber Art ist, daß sie, wenn sie einmal anfangen zu bellen, nicht so bald aufhören können, so hielten sie nun ihren Männern vor, wie hochnothwendig es gewesen, daß sie wieder heim gekommen, sowohl des Feldes, des Viehes und Gesindes wegen, als der kleinen Haushaltung willen, welche schier zu lange still gelegen und nicht wäre betrieben worden. Was nun hierin, wie auch in andern Dingen, bisher durch sie versäumt worden, das bäten sie nunmehr nachzuholen, wieder einzubringen und fürderhin ihres Amtes besser wahrzunehmen. Welches zu thun ihnen die Männer bei Ehr und Treue gelobten.

Hierauf traten die Schildbürger zusammen, Rath zu finden: Wie sie doch thun und sich verhalten sollten, daß sie nicht mehr solchergestalt wie bisher von ausländischen Herren geplagt und abgefordert würden, sondern ruhig und unangefochten bei dem Ihren blieben und ihm in allem Frieden obliegen könnten. Weil es aber des Mals schon spät am Tage und die Sache hochwichtig und deßhalb eines eigenen Tages nothwendig war, so sahen sie für gut an, daß sie nächstens einmal zusammenkommen und was zu thun wäre, endlich beschließen sollten.

Darnach gingen die Schildbürger, nachdem sie mit weisen Reden, süßer und lieblicher denn Honig, und bei einer Mahlzeit, schöner als Gold und Silber, sich nach Nothdurft (denn die Weisen überfressen und übersaufen sich nicht, wie die Thoren) genugsam ergötzt hatten, ein Jeder in sein Haus, und welcher nicht länger wachen wollte, der verkroch sich in seine Federn, so gut er sie mit der Gabel gestreut fand.

## Sechstes Kapitel

*Wie die weisen Schildbürger Rath hielten und eine närrische Weise anzunehmen beschlossen.*

Folgenden Tages verfügten sich meine Herrn Schildbürger, Rath zu halten, unter die Linde. Denn daselbst pflegten sie sich allzeit zu versammeln und Gemeinde zu halten, so oft solches im Sommer die gemeine Nothdurft erforderte; sonst im Winter war das Rathhaus und Wirthshaus *ein* Haus und der Sitz hinterm Ofen der Richterstuhl. und als sich der Schultheiß mit seinen Geschworenen zu Gericht niedergesetzt hatte, schlichteten sie in kurzer Zeit (denn als weise und gerechte Leute bedurften sie nicht so lange Bedenkens wie jetzt gemeinlich die Richter) viel zweifelhafter und streitiger Sachen, die sich in ihrer Abwesenheit angesponnen hatten. Nachdem das Gericht aufgestanden, wurden die von der Gemeinde auch dazu berufen und der Haupthandel, darum sie alle zusammen berufen worden, solchergestalt vorgelegt: Wie doch der Sache zu thun sei, damit sie nicht mehr von Haus abgefordert würden, sondern bei den Ihren bleiben und demselben obliegen könnten.

Da erwogen sie denn erstlich den merklichen großen Schaden und Rückgang aller Dinge, so ihnen während ihrer Abwesenheit entstanden und erwachsen war, mit ganzem Ernste: verglichen darauf den gefundenen Schaden mit dem Nutzen, welchen sie von den ausländischen Herren, welchen sie dienten, empfangen, und befanden, daß der Nutzen den Schaden bei weitem nicht könne ersetzen und aufwägen. Darum ward eine Umfrag gethan: wie sich künftig zu verhalten wäre? Da hätte Einer hören sollen, welche weise und hochverständige Rathschläge über die vorgelegte Frage von allen Seiten erfolgten und ganz vernünftig vorgebracht wurden. Einige vermeinten, man solle sich fremder Herren eben gar nicht mehr annehmen, sich ihrer Gemeinschaft abthun und entschlagen. Andere achteten für besser, sich ihrer nicht auf einmal abzuthun und zu entschlagen, sondern man sollte ihnen so schlecht antworten und so kalten Rathschläge geben, daß sie von selbst abstünden und sie unbekümmert ließen. Andere riethen anders zu der Sache. Alles dem gemeinen Wohl zum Besten; ward jedoch, weil sich allzeit etwas fand, das sich in keiner Weise reimen und schicken wollte, nichts Endliches beschlossen.

Zuletzt trat ein alter Schildbürger hervor, der sein Bedenken folgendes Inhalts vorbrachte: Dieweil ihr aller hohe Weisheit und großer Verstand die alleinige Ursache gewesen, um die sie von Hause abgefordert und hin und her besendet worden, damit man sich ihres Rathes bediene, in der Abwesenheit jedoch ihr Nutzen nicht gefördert worden, ihnen auch, wie man zu sagen pflege, kein Speck davon in der Küche wüchse, so bedünke sie das Beste zu sein: wie die Weisheit allein bisher ihrer Abwesenheit Ursache geworden, so im Gegentheil künftig sich von der Thorheit oder Narrheit wider diejenigen beschirmen zu lassen, welche sie von Hause abfordern wollten. Wie man sie zuvor ihrer Weisheit halber in fremde Lande berufen hätte, also würde man sie nun um Aberwitz und Thorheit willen daheim lassen. Derowegen sei seine Meinung, daß sie alle einhellig, Niemand ausgeschlossen, Weiber und Kinder, Junge und Alte auch mitbegriffen, die allerwunderbar-narr-seltsam-abenteuerlichsten Possen anstellen und reißen sollten, die nur immer zu erdenken und zu ersinnen wären und was einem Jeden Thörichtes in den Sinn käme, das sollte er thun. Welches ihnen denn in Betracht ihrer aller hohen Weisheit um so leichter werden würde, denn man spreche ja gemeiniglich, wenn es darauf ankomme, daß man einen Narren haben müsse, wie zuweilen in Komödien und sonst wohl der Fall ist, so sei Niemand tauglicher, solche Rollen zu übernehmen, als eben der Weiseste und Geschickteste. Denn es sei keine geringe Kunst, einen Narren recht zu spielen und vorzustellen. Es geschehe wohl oft, daß es Einen, der sich's unterfängt, ohne die rechten Griffe zu wissen, also mißlinge, daß er gar zum Thoren werde und ein Narr bleibe sein Lebenlang, wie der Kuckuk behält seinen Gesang, die Glock ihren Klang und der Krebs seinen Gang. Er vermeine aber nicht, daß es Jemand nachtheilig oder schädlich, sondern verhoffe, daß es ihnen allen zumal ersprießlich und nützlich sein werde. Solche Gedanken führte dieser Schildbürger in langer, zierlicher Rede aus, welche ich mit längern Worten zu berichten unnöthig erachte.

Dieser Vorschlag und Rath ward von allen anwesenden Schildbürgern mit höchstem Ernst und Fleiß erwogen und deßhalb manche Umfrage gethan. Denn weil der Gegenstand von der höchsten Bedeutung und Wichtigkeit, und ihr Aller Heil und Wohlfahrt davon abhängig war, so ließ sich damit nicht eilen.

Gut Ding muß haben Weile viel,
Erst wägs, dann wags und triff das Ziel;
Zu große Eil thut niemals gut,
Mit Gemach man auch weit kommen thut.

Weil aber nicht befunden ward, daß etwas Ungereimtes daraus entstehen und erfolgen möchte, so ward mit einhelligem Urtheil erkannt und beschlossen, dem Vorschlag in allen Theilen und Punkten aufs Ernstfleißigste nachzuleben und ihn alsbald ins Werk zu richten.

Hiernach ging die Gemeinde mit der ernstlichen Abrede auseinander, daß ein Jeder sich besinnen sollte, was fürs Erste zu thun wäre und bei welchem Zipfel man die Narrenkappe angreifen sollte.

Zweifelohne hatte jedoch Mancher ein heimliches Bedauern, daß er erst jetzund in seinen alten Tagen, nachdem er so viele Jahre witzig gewesen, ein Narr werden sollte, wie denn die Narren selber nicht vertragen können, daß ihnen ihre Thorheit, vor welcher ihnen selbst ekelt, durch einen Narren vorgeworfen und aufgerückt werde.

In Betracht jedoch, daß es um das gemeine Wohl, für welches Jeder auch sein Leben, und wenns ihm noch so lieb wäre, gern und mit Lust hingeben und opfern sollte, zu thun sei, waren sie allzumal willig, ihrer Weisheit sich zu begeben und zu verzichten, und hinfort eine andere Geige zu spielen. Hat also hiemit der

Schildbürger Weisheit als ein Vexordium der Historie ein Ende und folgt die Narration selbst:

Nun kommt herbei, ihr lieben Knaben,
Die hie begehren Platz zu haben,
Zu schauen das Schilderspiel von dort
Weis' ich Jeglichem seinen Ort
Nach seinem Stand, nach seinen Ehren,
Es soll sich deßhalb Keiner wehren.
Welsch' Grimassieren taugt hie nicht,
Nach Landes Brauch sich Jeder richt.
Wer sich nicht schickt recht zu den Sachen,
Den wollen wir auch zum Schildbürger machen.

## Siebentes Kapitel

*Wie die Schildbürger einig wurden, ein neues Rathhaus zu bauen, und was sich damit begeben habe.*

Als in den folgenden Tagen des genannten wichtigen Gegenstands willen die Gemeinde nochmals zusammenberufen und Raths gepflogen wurde, was sie ihrer Thorheit für einen löblichen, namhaften Anfang geben wollten, damit sie desto eher auskäme und kundbar würde, da ward nach vorgängiger Abstimmung endlich beschlossen: dieweil sie fürderhin ein ander Regiment, Leben und Wesen anzunehmen und zu führen bedacht und gesonnen, so sollte zu einem guten glückhaften Anfang vorerst ein neues Rathhaus, das ihre Narrheit ertragen und leiden könnte (denn in ihrem Sinne waren sie schon damals nicht geringe Narren) mit gemeiner Hülf und Kosten erbaut und aufgerichtet werden.

Freilich war dies noch nicht so gar ungereimt. Allein sie, die ihrer Weisheit noch nicht völlig verzichtet hatten, mußten es dabei angreifen, weil dies noch die Gestalt der Weisheit hatte, und es sich nicht fügen wollte, daß sie mit ihrer Narrheit haufenweise hervorbrächen, mit einem Mal und auf einen Stutz, wodurch ihre angelegte und angenommene Thorheit allzuleicht verrathen worden wäre. Darum wollten sie den Narren ganz weislich eine Zeitlang hinter den Ohren verbergen, bis sie nach und nach Gelegenheit fänden, ihn allgemach herauszulassen.

Sie hatten aber auch zu ihrem gefaßten Rathsschluß, das neue Rathhaus anlangend, ein nicht zu verachtendes Vorbild an ihrem Pfaffen gesehen, welcher im Dienst so eifrig war, daß er, wenn er nur läuten hörte, allzeit meinte, er müßte mit seiner Postill auf der Kanzel rumpeln. Als dieser nämlich erst von den Schildbürgern angenommen und gedingt worden, begehrte er von ihnen, ehe er anfinge zu predigen, daß sie ihm eine neue Kanzel machen ließen, von gutem starkem Eichenholz und mit Eisen wohl beschlagen, damit sie seine kräftigen Worte, die er jederzeit hervorbringen würde, erdulden und ertragen könnte.

Und, wie gemeldet, der gefaßte Beschluß war ihnen über alle Maßen angenehm und wohlgefällig, auch erboten sich Alle, dazu mit Leib und Gut behülflich zu sein. Denn es hatte das Ansehen, als wollte etwas Anderes daraus werden, als da jener Poet sagt:

Parturiunt montes nascetur ridiculus mus.

Einst hörte man die Berge krachen,
Als ob sie Junge wollten machen,
Groß war der Menschen Sorg und Qual:
„Wir sind verloren allzumal:
Wenn diese Berge Junge hecken,
So werden sie uns all bedecken.“
Niemand wußte, was noch würde draus:
Da wars nur eine kleine Maus,

Die aus dem Berge schloff zuletzt,
Als sie die Welt in Angst gesetzt.

Als nun die Glocken, wie man zu sagen pflegt, des neuen Rathhauses wegen gegossen, die Ämter ausgetheilt und Alles abgeredet und geordnet war, was zu einem so wichtigen Werke nothwendig erfordert würde, befand sich's, daß nichts mehr dazu mangelte, als ein Pfeifer oder Geiger, der mit lieblichem Sang und Klang Holz und Steine gelockt hätte, daß sie von selber herzugelaufen wären und sich fein ordentlich, wie zu einem solchen Bau nothwendig, auf einander gelegt hätten. Wie denn bei den alten Scribenten gelesen wird von Orpheus, daß wenn er auf seiner Harfe gespielt, so seien ihm, seinen anmuthigen Gesang zu hören, nicht nur die Vögel und wilden Thiere, sondern auch die Bäume und ganze Wälder, ja ganze Berge (ist vielleicht zu der Zeit gewesen, da die Berge noch gehen und reden konnten) nachgezogen, ja große Wasserflüsse habe er bewogen, daß sie still gestanden und sich an seinem Gesang ergötzt und erquickt hätten. Also liest man auch vom Amphion, der mit lieblichem Klang seiner Harfe zu Wege brachte, daß ihm die Steine nachzogen, sich fein ordentlich auf einander fügten und die Ringmauern der Stadt Theben, in Böotien gelegen, von selbst also hervorbrachten, daß sie hundert Thore und ohne Zweifel noch viel mehr Thürme bekommen hat.

Einen solchen Gesang hätten sie zur Förderung ihres beschlossenen Baus haben sollen, welches sie auch zu vielen Malen wünschten, denn derselbe hätte ihnen viel Mühe und Arbeit benommen, dazu auch nicht wenig Kosten erspart. Weil aber ein solcher nirgend zu finden war, vereinbarten sie sich mit einander, das Werk insgemein anzugreifen und Einer dem Andern zu helfen, auch nicht eher abzulassen, bis der Bau vollbracht und vollendet wäre, daß man ihn gebrauchen und benutzen könnte.

## Achtes Kapitel

*Wie die Schildbürger das Bauholz zu ihrem neuen Rathhaus fällen und mit großer Arbeit von dem Berge bringen und wieder hinauf tragen.*

Die Schildbürger waren gleichwohl noch so scharfsichtig (da ihre Weisheit nur allgemach wie ein Licht abnehmen und ausgehen sollte), daß sie wußten, wie man zuvor Bauholz und andere Sachen mehr haben müsse, ehe man den Bau anfangen könnte; denn die rechten Narren würden ohne Holz, Stein, Kalk und Sand zu bauen unternommen haben. Darum zogen sie sämmtlich und einmüthig mit einander zu Holz, in ein jenseit des Berges gelegenes Thal, und fingen an, das Bauholz zu fällen, nach ihres Baumeisters Rath und Angaben. Da es nun von Ästen gesäubert und zubereitet worden, wünschten sie allzumal, daß sie eine Armbrust hätten, auf der sie es hinschießen könnten; denn sie meinten, sie würden durch ein solches Mittel unsäglicher Mühe und Arbeit überhoben werden. Allein

Der Hättich und der Wolltich,
Deßgleichen auch der Solltich,
So hab ich gelesen,
Sind Brüder gewesen.
Hättich und Wolltich hatten nicht viel,
Denn Bruder Solltich kam niemals ans Ziel.

Darum mußten die Schildbürger die Arbeit selber verrichten, welches ihnen auch genug gethan hat, sintemal man den Narren, und voraus den Willichnarren, mit Kolben laufen soll. Also machten sie sich hinter die großen Bauhölzer und mit außermaßen schwerer Arbeit, öftern in die Hände Spauzen und wahrlich nicht ohne viel Schnaufen und Athemholen, brachten sie dieselben zuletzt den Berg hinauf und jenseits wieder hinab, alle bis auf eins, das nach ihrem Verstand das Letzte gewesen.

Dasselbe fesseln sie nun gleich den andern auch an und bringens mit Heben, Lüpfen, Schieben, Treiben, Stoßen, Trollen, Wollen, Walgen, Schleifen, Ketschen, Tragen, Schalten, Schürgen, Rutschen, Ziehen, Kehren, Winden und Wenden, vor sich, hinter sich, über sich, nieder sich, neben sich, links und rechts, in die Breite, in die Länge und überzwerch den Berg hinauf und auf der andern Seite halb hinab.

Ich kann aber nicht wissen, ob sie es übersehen haben, daß das Holz nicht recht angefesselt und gebunden war, oder ob die Seile zu schwach gewesen und deßhalb gerissen seien, genug der Baum entgeht ihnen, also daß sie ihn nicht mehr halten konnten, und fängt an von selbst fein allgemach den Berg hinab zu laufen, bis er zu den andern Hölzern hinab kommt, wo er stille liegt wie ein Stock. Solchem Verstand dieses groben Holzes sahen die Schildbürger bis zum Ende zu und verwunderten sich höchlich darüber.

„Nun sind wir Alle“, sprach ein Schildbürger, „ja große Narren und doppelte Zwölf-Esel, daß wir so große Mühe und Arbeit gehabt, eh wir die Bäume den Berg hinab gebracht. Unser Keiner ist so witzig gewesen, daß er gedacht hätte, diese Bäume könnten selber besser hinabgehen, denn wir sie hinabschleifen, ketschen und tragen. Aber mit unserm selbsteignen Schaden müssen wir Narren klug werden.“

„Diesem“, sagte ein anderer Schildbürger, „ist Rath zu schaffen und zu helfen, eh eine blinde Katze ein Aug auf thut. Wer sie hinabtgethan hat, der kann sie auch wieder hinauf thun. Darum, welcher mit mir daran ist, der mache ein Esels-Ohr: wir wollen die Lenden dahinter spannen und alle Hölzer wiederum hinauf schürgen, so können wir sie noch alsdann fein allgemach lassen hinunter rollen, da wir dann mit Zusehen unsere Lust haben und also für unsere gehabte Mühe entschädigt werden."

Dieser Rath gefiel ihnen Allen über die Maßen sehr wohl, machten Alle Esels-Ohren und schämten sich immer Einer vor dem Andern, daß er nicht so witzig gewesen. Jedoch freuten sie sich insgemein, daß sie ihrer angelegten Thorheit und angenomenen Narrheit eine anfängliche Probe ablegen sollten.

Darum machten sie sich wieder an die Hölzer und schoben den Rücken dahinter; und hatten sie zuvor, als sie solche den Berg hinab brachten, unsägliche Mühe und unglaubliche Arbeit gehabt, so hatten sie ihrer jetzund gewiß drei Mal mehr, bevor sie wieder hinauf gebracht waren, zumal sie sich schon zuvor also abgearbeitet und abgemattet hatten, daß sie kaum mehr vermochten; wären lieber ins Wirthshaus gegangen. Zuletzt brachten sie die Hölzer alle wieder auf den Berg; nur das Eine nicht, welches sie nur halb hinabgezogen hatten, dieweil dieses schon von selbst hinunter gelaufen war. Nachdem sie sich nun eine Weile verschnauft, ließen sie dieselben fein allgemach hinab orgeln, immer Eins nach dem Andern; sie aber standen droben, sahen zu und ließen sichs wohlgefallen. Hiemit ward ihr Herz und Muth zufrieden gestellt, und das erste Muster oder Probestück ihrer Narrheit gegeben. Welcher Ursach halber und weil es ihnen das erste Mal so wohl gelungen war, sie ganz fröhlich heimzogen, sich ins Wirthshaus setzten und weil sie ein gemeines Werk gethan, auch billig ein großes Loch ins gemeine Gut fraßen.

Wo Der nur das gemeine Gut
Verzehrt, der fürs Gemeine thut,
Da mag er selber köstlich leben
Und dennoch Niemand Schaden geben.
Wird aber solches Gut verzehrt

Von denen, die es nie gemehrt,
Noch je geholfen zu erhalten,
So muß wohl alles Unglück walten.

## Neuntes Kapitel

*Wie die Schildbürger ihr Rathhaus aufgeführt und die Fenster vergessen haben.*

Nachdem das Bauholz gemeldetermaßen herbeigeführt und gezimmert worden, auch Alles zu ihrem Rathhaus noch ferner Gehörige, als Stein, Sand, Kalk und dergleichen vorhanden und in Bereitschaft war, fingen die Schildbürger ihren Bau einhelliglich mit solchem Eifer an, daß, wer es nur immer sah, sagen mußte, daß es ihr bitterer Ernst wäre. Hatten also in wenig Tagen, seit sie nach der Narrheit Verlangen getragen, die drei Hauptmauern (indem sie etwas Besonderes haben und das Haus dreieckig bauen wollten) aus dem Grunde heraufgeführt, die Balken gelegt und so weit Alles vollendet. An einer Seite hatten sie ein großes Thor gelassen, um das Heu, welches der Gemeinde zuständig war, und sie insgemein zu vertrinken hatten, hinein zu führen. Welches denn ihrem Herrn, dem Schultheißen, wiewohl sie darauf nicht bedacht gewesen, auch wohl bekam; indem er, wäre solche Luke nicht da gewesen, wenn er in den Rath gehen wollen, sammt seinen Gerichts- und Rathsherren übers Dache hätte einsteigen müssen; welches zwar ihrer Narrheit gemäß genug, und wegen der Juppen, die sie darüber zerrissen hätten, deßgleichen auch wegen der Beine, so sie gelegentlich abfallen mögen (sonderlich, wenn sie den nächtigen Schlemm oder Trunk noch nicht verdaut und ausgeschlafen), sehr schädlich gewesen wäre. Demnächst gaben sie sich an das Dach, welches nach des Baues dreien Ecken abgetheilt war, und setzten den Dachstuhl auf die Mauern, vermeinend, hiemit das ganze Werk, bis auf das Decken, vollendet zu haben. Worauf sie wohlgemuth in das Haus zogen, wo der Wirth den Arm mit einem grünen Kranz herausstreckt und die Gäste oft uneingeseift schiert, und aufs gemeine Gut hin, dieweil es ein gemeines Werk, abermals tapfer einschenken ließen, in Absicht, das Dach, ob sie schon noch Zeit genug dazu gehabt hätten, folgendes Tages zu decken, damit sie wieder ein gemeines Werk und somit ein gemeines Gefräß bekämen. „Wirth, schenk ein, der Schildbürger trinkt, der Schildbürger trinkt!“

Folgendes Tages, als mit der Glocke das Zeichen gegeben worden, vor welchem Niemand kommen und arbeiten durfte, kamen sie insgemein wieder zusammen, stiegen auf den Dachstuhl und fingen an, das Rathhaus zu decken. Zu dem Ende stunden sie Alle hintereinander, etliche zu oberst auf dem Dach, andere besser hinab, auch noch auf den Latten, etliche auf der Erde zunächst an der Leiter, andere weiter davon, und sofort an bis zum Ziegelhaufen, welchen einen guten Steinwurf weit vom Rathhaus war. Solchergestalt ging jeder Ziegel durch aller Schildbürger Hände, vom Erste, der ihn aufhob, bis zum Letzten, der ihn auf seine Statt legte, damit ein Dach daraus würde. Da gings nicht anders als bei den Ameisen, wenn sie im Sommer die Winterspeis eintragen.

Weil man aber willige Rosse nicht übertreiben soll, hatten sie angeordnet, daß zu gewisser Stunde die Glocken geläutet würden, zum Zeichen des Abzugs von dem Werk und des Einzugs ins Weinhaus. Als mithin der, welcher der Nächste beim Ziegelhaufen war, den ersten Schlag der Glocke gehört hatte, ließ er den Ziegel, den er schon aufgehoben, wieder fallen, und läufst du nicht, so gewinnst du nichts, dem Wirthshaus zu. Deßgleichen thaten auch die andern Alle, bis auf den Letzten, liefen Alle einander nach, wie die Schneegänse, wenn sie fliegen, damit Keiner etwa um einen Trunk versäumte. Da geschah es, daß die, welche zuletzt ans Werk gegangen waren, die ersten im Wirthshaus und die obersten hinterm Tisch wurden, welches sie darum thaten, damit sie, von den andern am Aufstehen behindert, auch die letzten beim Aufbruch wären. So machten es auch die Zimmerleute, denn als ihrer Einer den ersten Glockenschlag gehört und die Axt zum Streich schon aufgehoben hatte, that er denselben nicht, sondern nahm die Axt auf die Achsel und läufst du nicht, so trinkst du nicht. Warum thaten sie aber das, warum eilten sie so vom Werke? damit sie desto früher wieder dazu kämen? oder damit sie desto länger bei Tisch säßen? letzteres ist glaublicher.

Nach vollbrachtem Werk wollten die Schildbürger in ihr Rathhaus gehen, solches zur Ehre aller Stultorum einzuweihen und dann in aller Narren Namen zu versuchen, wie es sich darin würde rathen lassen. Also sie aber in aller Ehrbarkeit hineingetreten kommen, ecce vide, schau, los, guck, sieh, lug, potz Velten, videte, – da war es ganz und gar finster, und so finster, daß Einer den Andern auch kaum hören konnte, ob welchem Handel sie nicht wenig erschraken und sich nicht genug verwundern konnten, was doch die Ursache sein möchte, ob vielleicht etwas im Bauen verfehlt worden, wodurch das Licht verschlagen und aufgehalten würde.

Also gingen sie zu ihrem Heuthor wieder hinaus, um zu sehen, wo der Fehler stecke, fanden aber die drei Mauern völlig und ganz, und das Dach fein ordentlich darauf gestellt, also daß draußen, wo es Licht genug war, nichts mangelte. Da gingen sie wieder hinein, um auch dort nachzusehen, wo doch der Mangel wäre; wo sie denn noch viel weniger sehen konnten, wegen Mangel des Lichts. Was sage ich nur viel? Die Ursache blieb ihnen unbekannt und verborgen und ließ sich weder finden noch errathen, wie sehr sie auch ihre närrischen Köpfe darob zerbrachen. Darum stunden sie in großen Ängsten und schlugen zur Förderung der Sachen einen allgemeinen Rathstag ein.

## Zehntes Kapitel

*Wie die Schildbürger Rath schlugen, das Licht in ihr Rathhaus zu tragen.*

Als nun der bestimmte Rathstag gekommen, erschienen die Schildbürger vollzählig, also, daß Keiner ausblieb, weil es ja ihnen gelten sollte. Es hatte aber ein Jeder einen angezündeten Lichtspahn mitgebracht und denselben, nachdem er sich nieder gesetzt, auf den Hut gesteckt, damit sie in dem finstern Rathhaus einander sahen, und der Schultheiß einem Jeden bei der Umfrage seinen Namen und Titel geben könnte. Als nun die gemeine Umfrage gethan wurde, wie man sich im vorliegenden Falle verhalten sollte, fielen viele wiederstreitende Meinungen, wie bei zweifelhaften Händeln gemeinlich zu geschehen pflegt.

Und als es schier das Ansehen gewann, als ob es sich dahin entscheiden würde, daß man den ganzen Bau wieder bis auf den Boden abbrechen und bei der neuen Aufführung besser Sorge haben sollte, trat Einer, der, wie er zuvor der Allerweiseste gewesen, sich jetzund als der Allerthörigste erzeigen wollte, hervor und sprach: Er habe während seiner Weisheit, eh er derselben Verzicht gethan, oftmals gehört, daß man durch Exempel und Beispiel viel lernen und begreifen könnte. Daher denn Aesopus seine Lehren durch Fabeln, in Gestalt kurzer Historien, vor Augen gestellt. Solchemnach wolle er auch eine Geschichte erzählen, so sich mit seiner lieben Großmutter Großvaters Bruder Sohn Frau begeben und zugetragen habe:

Meiner Großmutter Großvaters Bruder Sohn, Utis geheißen, hörte auf eine Zeit Jemand sagen: „Ei, wie sind die Rebhühner so gut!“ – „Hat du deren gegessen,“ sprach meiner Großmutter Großvaters Bruders Sohn, „da du es so wohl weißt?“ – „Nein“, sagte der Andere; „aber mir hat es Einer vor fünfzig Jahren gesagt, dessen Großmutter Großvater sie in seiner Jugend hat sehen von einem Edelmann essen.“ Auf Veranlassung dieser Rede fiel meiner Großmutter Großvaters Bruder Sohn ein Kindbettergelüst an, daß er gern etwas Gutes gegessen hätte. Er sprach deßhalb zu seinem Weibe, Udena geheißen, sie sollt ihm kleine Kuchen backen, denn Rebhühner könnte er nicht haben, als wüßt er nicht Besseres als Küchlein. Sie aber, der besser als ihm bewußt war, was des Buttertöpfleins Vermögen wäre, entschuldigte sich, sie könnte ihm in Ermangelung von Butter, Anken oder Schmalz, wie du willst, für diesmal kein Küchlein backen, und bat ihn derwegen, bis auf eine andere Zeit mit den Küchlein Geduld zu haben. Aber meiner Großmutter Großvater Bruders Sohn hatte hiemit keine Küchlein gegessen und sein Gelüst nicht gebüßt, wollte sich mit so schlechtem, magerm, dürrem, trockenem, ungesalzenem und ungeschmalzenem Bescheid nicht so geradezu abweisen lassen, und sprach also nochmals: wie die Sache auch mit dem Buttertöpflein beschaffen wäre, so sollte sie sehen, daß sie ihm Küchlein backte, und hätte sie nicht Butter oder Schmalz, so sollte sie es mit Wasser versuchen.

„Es thuts nicht, bester Utis,“ sprach Frau Udena; „ich selbst wollte sonst nicht so lange ohne Küchlein geblieben sein, denn das Wasser hätte ich mich nicht dauern lassen.“ – „Du weißt es nicht,“ sprach meiner Großmutter Großvaters Bruders Sohn, „weil du es noch niemals versucht hast. Versuche es erstlich, und wenn es nicht wohl geräth, hernach magst du wohl sprechen, es thuts nicht.“ Mit einem Wort, wollte meiner Großmutter Großvaters Bruders Sohns Frau Ruhe haben, so mußte sie dem Begehren ihres Mannes willfahren, rührte also einen Kuchenteig an, ganz dünn, als wollte sie Sträublein backen, setzte eine Pfanne mit Wasser übers Feuer und that den Teig darein. Aber mit nichten schickte es sich, es wollte sich eben gar nicht zusammen ballen, daß Küchlein daraus würden, indem der Teig im Wasser zerfloß und ein Brei daraus wurde; darob die Frau zornig, der Mann aber verdrießlich ward, denn sie sah, daß Arbeit, Holz und Mehl, der Wasserbutter ungeachtet, verloren waren. Nun stund meiner Großmutter Großvaters seligen Bruders Sohn dabei, hielt einen Teller dar und wollte das erstgebackene Küchlein so warm aus der Pfanne gegessen haben, sah sich aber betrogen. „Potz Wetter, schäm dich!“ sprach meiner Großmutter Großvaters Bruders Sohns Frau, „guck, hab ich dir nicht gesagt, es thuts nicht? Allzeit willst du Recht haben und weißt doch nicht einen Deut darum, wie man Kuchen backen muß.“ – „Schweig, meine Udena,“ sprach meiner Großmutter Großvaters Bruders Sohn, „lasse dichs nicht gereuen, daß du es versucht hast. Man versucht ein Ding so lange, bis es zuletzt gerathen muß. Ist es schon diesmal nicht gerathen, so geräths vielleicht ein ander Mal. Es wäre ja eine sehr nützliche Kunst gewesen, wenn es von ohngefähr gerathen wäre.“ „Das will ich meinen,“ sprach meiner Großmutter Großvaters Bruders Sohns Frau; „ich wollte selbst alle Tage Küchlein gegessen haben.“

„Daß ich aber“, sprach der gemeldete Schildbürger, „diese Geschichte auf unser Vorhaben anwende: Wer weiß, ob die Luft und der Tag sich nicht in einem Sack tragen ließe, gleichwie das Wasser in einem Eimer getragen wird. Unser Keiner hat es jemals versucht, darum, wenn es euch gefällt, so wollen wir dran gehen. Geräth es, so haben wir allzeit Vortheil davon und werden als Erfinder dieser Kunst großes Lob erwerben. Gelingt es aber nicht, so ist es doch zu unserm Vorhaben, der Narrheit wegen, ganz dienstlich und bequem.“

Dieser Rath gefiel allen Schildbürgern solchermaßen, daß sie beschlossen, ihm eilends nachzuleben. Sie kamen also nach Mittag, als die Sonne am heißesten schien, unfehlbar Alle vor das neue Rathhaus, Jeder mit einem Geschirre, damit er den Tag zu fassen und hineinzutragen vermeinte. Etliche brachten auch Picken, Schaufeln, Karsten, Gabeln und anderes Geräthe mit, zur Fürsorge, damit ja kein Fehler begangen würde.

Sobald nun die Glocke Eins geschlagen, da sollte Einer sein Wunder gesehen haben, wie sie Alle anfingen zu arbeiten. Etliche hatten lange Säcke, darein ließen sie die Sonne scheinen bis auf den Boden, knüpften ihn dann eilends zu und liefen damit ins Haus, den Tag auszuschütten. Ja sie beredeten sich selbst, sie trügen jetzt an den Säcken viel schwerer, als da sie leer gewesen. Andere thaten deßgleichen mit andern verdeckten Gefäßen, als Häfen, Kesseln, Zubern, und was dergleichen ist. Der Eine lud den Tag mit einer Heugabel in einen Korb, der andere mit einer Schaufel; etliche gruben ihn aus der Erde hervor. Ein Schildbürger soll sonderlich nicht vergessen werden, welcher den Tag in einer Mausfalle vermeinte zu fangen, und also mit Gewalt zu bezwingen und ins Haus zu bringen. Daß ich's kurz mache, Jeder hielt sich, wie sein närrischer Kopf es ihm an- und eingab.

Solches trieben sie jenen ganzen Tag, so lange die Sonne schien, mit solchem Eifer und Ernst, daß sie Alle darob ermüdeten und vor Hitze schier verlechzten und erlagen. Aber sie richteten mit solcher Arbeit eben so wenig aus, als vor Zeiten die ungeheuren Riesen, da sie viel große Berge zu Hauf trugen und den Himmel zu stürmen vermeinten. Daher sie denn zuletzt sprachen: Nun wäre es doch eine feine Kunst gewesen, wenn es gerathen wäre. Also zogen sie ab, und hatten wenigstens so viel gewonnen, daß sie aufs gemeine Gut hin zu Wein gehen und sich wieder erquicken und laben durften.

## Elftes Kapitel

*Wie ein durchreisender Landstreicher den Schildbürgern Rath giebt, wie sie Tag in ihr Rathhaus bringen sollten.*

Als die Schildbürger gemeldetermaßen an ihrer Arbeit waren, reiste von ohngefähr ein Wandersmann vorüber, sah ihnen lange zu, vergaß seines offenen Mauls, wäre auch bald zu einem Schildbürger geworden, weil er nicht wissen konnte, was doch Solches bedeute. Des Abends aber in der Herberge, denn aus Neugierde blieb er dort über Nacht, um das Abenteuer recht zu erfahren, fragte er: warum er sie so in der Sonne arbeiten gesehen, er könne sich nicht denken, was sie eigentlich für Arbeit gethan hätten. Da ward ihm von den anwesenden Schildbürgern gesagt: es sei geschehen, um zu versuchen, ob sie das Tageslicht in ihr neu gebautes Rathhaus tragen könnten.

Der fremde Gesell war ein loser Vogel, gewitzt und geschoren, wie er sein soll, nur daß er weder Federn noch Wolle hatte, und gedachte bei sich, seines Orts habe er einen guten Fang zu thun, welchen er aus Händen zu lassen nicht gesinnt war. Er fragte sie also: ob sie mit ihrer Arbeit etwas ausgerichtet hätten? – „Nicht einen Deut“, sagten die Schildbürger. – „Die Ursache ist,“ sprach der Gesell, „weil ihr die Sache nicht so angegriffen habt, wie ich euch wollte gerathen haben.“ Als sie dies hörten, wurden sie so froh wie die Juden zu Frankfurt, als ihnen Prophetenbeeren feil geboten wurden, verhießen ihm von dem ganzen Flecken und allen seinen Einwohnern eine namhafte Verehrung, wenn er ihnen solchen Rath mittheilte. Dies versprach er ihnen Morgen zu leisten. Darum hießen sie ihn guter Dinge sein und befahlen dem Wirth, ihm tapfer aufzutragen und vorzusetzen, und was er verzehre, an der Gemeinde Kerbholz zu schneiden. Also zechte der gute Gesell selbige Nacht redlich ohne Geld und das billig, weil er fürderhin ihr Baumeister sein sollte.

Als darauf die liebe Sonne den Schildbürgern den hellen, lieben, lichten Tag wieder brachte und scheinen ließ, führten sie den Gesellen zum Rathhaus und besahen es mit allem Fleiß oben und unten, hinten und vorn, innen und außen. Als nun der fremde Künstler sich eine Weile bedachte und in seiner Schalkheit berathschlagt hatte, was zu thun wäre, hieß er sie hinaufsteigen und die Dachziegel wieder aufheben, welches auch alsbald geschah. „Nun habt ihr“, sprach er, „den Tag in euerm Rathhause und mögt ihn darin lassen, so lang es euch gefällt. Wenn er euch beschwerlich ist, so könnt ihr ihn auch wohl wieder hinausjagen.“

Aber sie verstunden nicht, daß er meinte, sie sollten das doch nicht wieder drauf decken, weil es sonst wieder finster würde, wie es zuvor gewesen, ließen es gut sein und hielten den ganzen Sommer Rath darin. Sie verehrten dem Künstler aus dem gemeinen Säcken auch ein Ehrliches, und ließen ihn mit großem Dank davon ziehen. Der gute Gesell that wie ein anderer guter Schlucker auch gethan hätte, nahm die Verehrung an, zählte nicht lange nach, sondern zog hinweg, schaute oft hinter sich, ob ihm Niemand nacheilte, das Geld wieder zu holen und kam also nicht wieder. Es weiß auch heutiges Tages noch Niemand, wer oder woher er gewesen und wohin er kommen sei, nur wissen die Schildbürger das gewiß von ihm, daß sie ihm den Rücken das letzte Mal gesehen haben.

## Zwölftes Kapitel

*Wie die Schildbürger die Ursache der Finsterniß in ihrem Rathhaus inne werden und ihr abhelfen.*

Die Schildbürger freute ihr neugebacken Rathhaus außermaßen sehr, hielten den ganzen Sommer lang immer Rath darin und handelten von wichtigen Sachen, das gemeine Wohl, das Vaterland und dessen Verbesserung anlangend. Sie hatten auch solches Glück, daß es jenen ganzen Sommer, wenn sie zu Rathe saßen, niemals regnete. Inzwischen begann aber der liebliche Sommer sein schönes, lustiges Angesicht zu verbergen, dagegen streckte der leidige Winter seinen rauhen Schnabel hervor. Das war ihnen ein sehr verdrießlicher Handel, weil sie nun fürderhin die Nase in die Kappe ziehen mußte. Darum bedachten sie denn alsobald, wie Einer unter einem großen breiten Hut (wie die sind, welche die jungen Laffen gemeinlich aus fremden Landen mitbringen, wenn sie so weit gewesen, daß sie in ihrer Heimath nicht mehr die Glocken läuten hören, und so lange ausgeblieben, daß sie ihrer Mutter Sprache vergessen sind, ihres Vaters Haus nicht mehr wissen, und darnach fragen, ja selbst die alte Katze nicht mehr kennen), wie Einer, spreche ich, unter einem großen Wetterhut sicher sein könne, also würden auch sie unterm Dach, welches dem Haus gleich wie ein Regenhut wäre, wider Schnee und Ungewitter beschirmt werden. Aus dieser Ursache machten sie das Dach in aller Eil mit gemeiner Hülfe wieder zu, mit dem Vorhaben, gleichwie sie den ganzen Sommer lang an der Sonne (wie der Schäfer auf der Heide) dem Faullenzen gedient hätten, so wollten sie sich den Winter hindurch in die Stube zum Ofen setzen und sich bei ihm um Hülfe und Rettung gegen erfrorne Glieder bewerben.

Als aber das Dach wieder gedeckt war und sie ins Rathhaus gehen wollten, siehe zu, da war es leider eben so dunkel und finster darin als es zuvor gewesen war, eh sie von dem Wanderer die Taginshauszutragenersparungskunsterfindung gelernt hatten. Da merkten sie dann erst, daß sie hinters Licht geführt und häßlich betrogen wären. Aber sie mußten es dabei bleiben lassen und als zu einer geschehenen Sache das Beste dazu reden. Es war zu spät, den Beutel zuzuhalten, da das Geld hinweg, oder den Stall zu verschließen, nachdem die Kuh bereits daraus entführt war. Dessen unangesehen saßen sie wieder mit ihren Lichtspähnen (in deren Gebrauch, so lang ihr Rathhaus stünde, sie sich schon ganz und gar gefunden hatten) auf den Hüten beisammen und hielten geschwind einen engen Rath darüber, der sich tief in den Tag hinein verzog.

Und als die Umfrage von Einem zu dem Andern ging, kam es auch zuletzt an Einen, der sich nicht den ungeschicktesten däuchte (seinen Namen lasse ich ehrenhalber verschwiegen bleiben); derselbe stand auf und sagte: er rathe eben das, was sein Vetter rathen werde; ging also mit Urlaub aus der Versammlung, vielleicht sich zu räuspern, wie denn die Bauern zuweilen so bösen Husten haben, daß Niemand um sie bleiben mag; oder um das Wasser die Berge hinab zu richten. Indem er also in der Finsterniß an der Wand (denn sein Lichtspahn war ihm erloschen) hin und her tappte, ward er von ohngefähr eines kleinen Risses oder Spaltes in der Mauer, wo es nicht recht zugemauert war, gewahr, wodurch er seinen schönen Bart einigermaßen sehen konnte. Da erinnerte er sich mit einem tiefen Seufzer seiner frühern Weisheit, auf welche sie Alle Verzicht gethan hatten, tritt wieder hinein und spricht: „Na also, ihr lieben Nachbarn, mit Urlaub ein Wort zu reden.“ Als ihm Solches vergönnet worden, sprach er ferner also: „Na, sind wir aber nicht gedippelt doppelte Narren? Ich frage euch Alle darum. Es erweist sich wohl (um aus mehrerer alten hingeworfenen Weisheit hier etwas einzuflicken), welch ein kräftig Ding es sei, wenn Einer eine andere Gewohnheit an sich nimmt, als er zuvor gehabt; indem die gute Gewohnheit, die er von Natur empfangen, unterdrückt und abgethan, die angenommene aber, sonderlich, wenn sie böse ist, ganz an die Stelle tritt und so consuetudo altera natura wird. Wir haben eine närrische Weise angenommen, da wir doch von Natur weise und verständige Leute gewesen: und nun, siehe, die angenommene Weise schlägt uns recht in die Art und treibt die angeborene Art aus; so daß wir, die von Geburt und Natur weise gewesen, nun von Natur und Art Narren sein und solche Unart nimmer wieder fallen lassen werden. Wir haben so ängstliche üble Zeiten mit unserm Rathhaus, von den Kosten an, und gerathen in große Verachtung, damit wir nur den Mangel finden und verbessern, und unser Keiner ist jemals so witzig gewesen, zu sehen, daß wir an das Haus keine Fenster gemacht haben, wodurch das Licht hereinfallen könnte. Das ist doch gar zu grob, zumal im Anfang unserer Thorheit, wir hätten nicht so auf ein Mal und auf einen Stutz hereinplumpen und platschen sollen, daß es auch ein rechter geborener Narr merken könnte."

Ob dieser Rede erschraken die Andern alle nicht anders, als ob sie Wer an den Hals geschlagen hätte, und verstummten wie die blinden Götzen, die ihr Lebenlang keinen Degen wetzen. Sie sahen aber auch einander an und schämten sich immer Einer vor dem Andern (wenn er nicht hinter ihm saß), wegen solchen großen Unverstandes und gar zu grober Narrheit. Darum fingen sie einhellig an, ohne erst Umfrage zu halten, die Mauern des Rathhauses an allen Orten zu durchbrechen, und war kein Schildbürger unter Allen, der nicht sein eigen Loch (wie jetzt die Schilde in den Stammbüchern und Glasfenstern) hätte haben wollen, von dem er sagen könnte:

Dies ist mein Loch und ist mir ein fein Loch,
und wers nicht glaubt, der küß mirs Loch,

so findet er doch, was ihn freuet noch.
O welch ein schweres Loch,
viel härter als ein Bloch!
Verzeihe mir die Kellnerin und der Koch,
so es gar zu scharf ist gewalzen
und deßhalb weniger geschmalzen.

Also ward das Rathhaus vollführt bis auf den innern Bau, von welchem aufs Baldigste zu vernehmen sein soll.

## Dreizehntes Kapitel

*Wie die Schildbürger in ihrer Rathsstube das Eingeweide gemacht und des Stubenofens vergessen haben.*

Nachdem sie der großen Last wegen der Fenster entledigt waren und nun ein Jeder sein eigen fein gut Loch hatte, fingen sie an, das Eingeweide des Hauses zu machen und die Gemächer einzuschlagen. Unter anderen Gemächern machten sie sonderlich drei Stuben, die Witzstube, Schwitzstube und Bedenkstube, welche zuvörderst mußten ausgebaut sein, damit die Schildbürger nicht gehindert würden, wenn sie von wichtigen Dingen rathschlagen sollten. Also ward das ganze dreieckige Rathhaus aufs Vortheilhafteste, wie sie meinten, ausgebaut und nachmals in aller Narren Ehre eingeweiht.

Als sie aber nachher, da es kalt geworden, einen Rathstag hatten und Gericht halten wollten (wozu ihnen dann der Kuhhirt mit seinem Horn die Losung gegeben, und Jeder, damit der gemeine Nutz nicht beschwert würde, ein Scheit Holz, die Stube zu wärmen, mitgebracht hatte), siehe zu, da hatten sie des Ofens vergessen, auch nicht Raum gelassen, wo man einen hinsetzen könnte. Ob solchem Handel erschraken sie abermals bei sich selbst heftig, mehr denn über alle Maßen, ganz grausam sehr und sprachen unter sich selber also: „Sollen wir elende Eselsköpfe denn keinen Fortgang noch Glück zu unserm neuen Bau haben? Wo setzen wir jetzund den Ofen hin? Nun stehen wir hier wie die Ochsen am Berge. Und aber, wo sollen wir mit dem Ofen hin?“

Also zogen sie den Handel in Bedenken und Erwägung, wobei mancherlei Meinungen fielen. Einige riethen, man sollte ihn hinter die Thür setzen, weil er da am wenigsten stören würde. Das wollte aber den Andern nicht gefallen, denn Schultheiß mußte hinterm Ofen seinen Sitz haben, und es wäre spöttisch gewesen, wenn er hinter der Thür gesessen hätte. Zuletzt, nachdem sie die Sache lange hin und her gewogen und alle Plätze besehn und bedacht hatten rieth endlich Einer, man sollte den Ofen vors Fenster hinaus setzen und ihn zur Stube hineingucken lassen, wobei er hinzu fügte, wenn es zu Zeiten Noth thäte, könnte er bei Abzählung der Stimmen auch mitgerechnet werden, denn rede er auch nichts zur Sache, so sei er doch nicht dawider, und wenn der Schultheiß am nächsten beim Ofen sitzen müsse, damit ihm seine Weisheit nicht erfriere, so könnte man ihm ja den nächsten Ort dabei einräumen. Diesem Rath ward von allen Bänken her einhelliglich Beifall gegeben. Doch sagte ein alter Aber-Mann unter ihnen, welcher länger Narr gewesen als die andern, aus lauter Witz, dessen er so voll gesteckt, wie ein Esel voll Winden: „Aber“, sprach er, „ich will der Stiege geschweigen, welche aber unbequem zum Ofen zu machen sein würde; aber dies gehe hin; aber die Hitze, welche aber sonst in die Stube gehört, wird aber alle ins Freie hinausgehen, da sie aber in die Stube gehen und aber also zu Nutz kommen sollte; welches aber besser wäre, als wenn sie aber verloren würde.“

„Du gehst in den Aberwitz, wie man spricht,“ sagte ein Anderer darauf zu dem Aber-Narren, „eben als gehe, wie man spricht, die

Hitze, welche, wie man sprechen möchte, in der Küche zum Ofenloch ausschlägt, auch in die Stube, möchte man sprechen. Du meinst wohl Ja, möchte man sprechen, ich aber meine Nein, wie man spricht: nicht in die Stube, sondern neben sie, wie man sprechen möchte. Damit aber, wie man spricht, nichts verloren gehe, wie man spricht, und du deßhalb ohne Sorge seist, wie man spricht, so habe ich daheim ein altes Hasengarn, wie man sprechen möchte: das will ich der ganzen Gemeinde zum Besten geben, wie man spricht, meiner dabei zu gedenken, wie man spricht, das wollen wir vor das Ofenthürlein henken, wie man spricht, die Hitz in den Ofen einzuschränken, wie man sprechen möchte. Wir haben also dessentwegen, wie man spricht, nichts Arges zu besorgen; sondern gelt, mein lieber Nachbar, wie man spricht, wir wollen dabei tapfer sieden und braten, wie man spricht, und die Äpfel in den Kacheln umkehren, wie man sprechen möchte."

Für diesen wohlbeschlagenen Rath ward der Schildbürger hoch gepriesen und für seine Freigebigkeit, mit Anerbietung alles Guten, höchlich bedankt; auch ward ihm und allen seinen Nachkommen der nächste Sitz hinterm Ofen bei den Apfelkacheln vergönnt. Also ward zuletzt der ganze Handel beschlossen, der Ofen gemacht, hiemit das Rathhaus vollendet und aufs Neue mit Narren besetzt. O wie hab ich so übel gefürchtet, man nähme mich auch hinein und gäbe mir ein Narren-Amt; denn Jedermann sagt, ich sei nicht verderbt zu solchem Ehrendienst.

## Vierzehntes Kapitel

*Wie die Schildbürger einen Acker mit Salz besäeten, daß es wachsen sollte und was sich damit zutrug.*

Als nun das Rathhaus vollführt und mit Narren besetzt war, fingen sie an, alle Tage zusammen zu kommen und sich um die Sachen zu bekümmern und zu zermartern, welche zum gemeinen Nutz und Regiment gehörten, dessen sie sich nun, wie sie schuldig und verpflichtet waren, mit immer möglichstem, all ganz eifrigstem Ernst annahmen. Nun hatte ihr Witz sie auf eine Zeit dahin getrieben, daß sie an den Proviant gedachten und Rath hielten, wie man einen Vorrath hinterlegen möchte, um dessen bei vorfallender Theurung zu gebrauchen, damit man nicht bei den Wucherern und Kornwürmern gute Worte geben müßte. Dies bedachten sie gar weislich, denn es steht ja einer hochverständigen Obrigkeit zu, sich mit solchen Vorräthen zu versehen, um bei einfallendem Mangel den Unterthanen zu helfen, und den Wucherern, welche den ohnedies schon genug bedrängten Armen wie die Egel das Blut aus dem Leibe, ja das Mark aus den Knochen saugen, ihr unredlich niederträchtiges Gewerbe zu legen.

Sonderlich über das Salz (dessen Feilkauf der schwebenden Kriegsläufe wegen gehemmt war, daher sie großen Mangel daran litten) kam zur Sprache, ob man nicht die Sache dahin bringen könnte, daß sie auch ihr eigen Salz hätten, da sie ja des Salzes in der Küche so wenig entbehren könnten als des Mistes auf dem Acker. Dieser Handel ward nun in die Läng und Breite, nach eines jeden Gutdünken erwogen, und das nach allen Seiten, denn es wurden allerlei Mittel, deren man sich bedienen könnte, vorgebracht und nach ihrer Weisheit bedacht. Endlich wurden sie Raths und beschlossen einhellig: Sintemal kund und offenbar, daß der Zucker, welcher dem Salz nicht unähnlich, auch wachse, so müsse ja folgen, daß das Salz gleichermaßen auf dem Felde hervorwachse, wie nicht minder daraus abzunehmen, daß auch das Salz Körner habe, wie man sage: Ein Körnlein Salz u.s.w. Da ferner kund und offenbar, daß andere Dinge wüchsen, z.B. Kälber, wenn man Käse setze, Hühner, wenn man Eier in den Boden stecke, so auch kein besserer Rath, als daß man ein großes Stück Feld, welches der Gemeinde gehöre, umbräche und baute und alsdann das Salz (dessen sie weniger entrathen könnten als der Narren) in Gottes Namen hineinsäete: so hätten sie auch eigen Salz und dürften nicht Andern darum nachlaufen und zu Füßen fallen.

Das ward nun alsobald ins Werk gesetzt, der Acker gepflügt und wie ihre Weisheit erkannt hatte, mit Salz besäet, in der Hoffnung, es würde ihnen reichlich lohnen und Gott auch zu ihrer Arbeit den Segen überflüssig geben, zumal sie es in seinem Namen gesäet hatten. Auch versahen sie sich, ob sie gleich einen Gewinn davon hätten, so sei doch solcher Gewinn nicht als ein Landwucher ungerecht und schändlich, sondern von Gott gegönnt und gegeben und von Jedermann gebilligt. In solchem Vertrauen haben sie auch um den Acker desto fleißiger Sorge getragen und an die vier Ecken (denn er war nicht dreieckig wie das Rathhaus) Hüter oder Bannwarte gesetzt, jeden mit einem langen Blaserohr in der Hand, um die Vögel, wenn sie das gesäete Salz etwa wie andere Samen aufpicken wollten, niederzuschießen.

Es währte nicht lange, so fing der Acker an, aufs Allerschönste zu grünen, worüber die Schildbürger unsägliche Freude gewannen. Sie meinten, nun sei es ihnen einmal gerathen, gingen alle Tage hinaus, um zu sehen, wie das Salz wüchse, und beredeten sich selber, sie hörten es wachsen, wie Jener das Gras. Und je mehr es wuchs, je mehr wuchs auch in ihnen die Hoffnung, und es war Keiner unter ihnen, welcher nicht in seinem Sinn schon einen ganzen Scheffel gegessen hätte.

Zur größeren Sicherheit und bessern Verwahrung ihres Salzfeldes, welches sie gern vergrößert hätten, setzten sie, in Betracht, daß nicht nur die Vögel, sondern auch andere Thiere, als Pferde, Kühe, Schafe und sonderlich die leidigen Geißen, welche ohnedies gern Salz lecken, dem Samen Schaden zufügen könnten, zu den vorigen Hütern noch einen andern Bannwart und befahlen ihm, wenn etwa eine Kuh oder Geiß, ein Pferd oder Schaf auf den Acker käme, so sollte er sie wo möglich mit Stoßen, Jagen, Schlagen, Puffen, Klopfen, Zwicken, Scheuchen, oder wie er nur immer könnte, vertreiben, welches er ganz getreulich zu leisten versprach, wie er auch gethan hat laut dem, was folgen wird.

## Fünfzehntes Kapitel

*Wie etliches Vieh auf den Salzacker kam, und der Bannwart selbiges davon getrieben hat.*

Ich weiß bei St. Velten nicht, wie es der lose Tropf von Bannwart übersehen mochte, daß eines Tages viel fremdes unvernünftiges Vieh auf den so wohlbebauten und besäeten Salzacker gekommen ist, und denselben so sehr geschändet und so häßlich zertreten hat, daß es Schade war, sowohl um das herrliche Salz, das daselbst verdorben wurde, als auch um das, welches noch hätte wachsen sollen. Der Bannwart, der lose Tropf, wußte wohl, was ihm des Ackers wegen befohlen und auferlegt war, und wie hoch er das zu befolgen verheißen hatte; er sah den Schaden und fürchtete doch, der lose Tropf, weil ohnedies das Vieh schon allzuviel Schaden gethan hatte, sollte er es erst noch daraus treiben, so würde er, der lose Tropf, das heranwachsende Salz noch mehr beschädigen und verwüsten.

Darum ging er in großem Unmuth, zum Theil wegen der Gefahr, die er selber dabei lief, zum Theil wegen des augenscheinlich wachsenden, verderblichen gemeinen Schadens heim gen Schilde, und zeigte solches dem Schultheißen und der ganzen löblichen Gemeinde an. Diese wußten ebenfalls nicht, wie der Sache zu rathen und zu helfen wäre, trugen also den Handel öffentlich vor und hielten Umfrage, was zu thun sey, damit nur dem Salz nicht noch mehr Schaden geschähe, und dennoch der Bannwart, welcher in so gefährlicher Sache für sich selbst nichts unternehmen wollen, um sich nicht noch ferner zu vergreifen, das lose Vieh hinaustriebe. Denn die mit den Blaseröhren durften nicht wehren, weil es nicht Vögel waren, sondern ander Vieh, wovon ihnen nichts befohlen war.

Als nun diese wichtige Frage lange Zeit hin und hergeworfelt und nach allen Seiten, überzwerch, vor sich, hinter sich, über sich, nieder sich, in die Breite, Länge und Schmäle, krumm und gerade, eben und uneben erwogen worden, und man sich so lange darüber berathen hatte, daß ihnen die Köpfe schier zerbrochen wären, ward zuletzt befunden und einhellig beschlossen und ausgesprochen: Es sollten ihrer vier vor dem Gericht, vor welchen die Thiere sich vielleicht mehr als vor geringen Leuten scheuen würden, den Bannwart auf eine Hürde setzen, ihm eine lange Ruthe oder Gerte in die Hand geben, und ihn dann zu dem leidigen, losen Vieh in dem Salzacker herumtragen, bis er es herausgetrieben hätte; er aber, der Bannwart, sollte nicht auf den Acker gehen, damit durch ihn nicht selbst Schaden geschehe, welchen er vielmehr abzuwenden geschworen hätte. Solchen gnädigen Bescheides war der Bannwart wohl zufrieden, ließ sich auf der Hürde nicht anders als der Papst zu Rom, dem er sich diesmal schier gleich schätzte, herumtragen, bis er das lose, leidige Vieh von dem Salzacker getrieben. Wenn ich Bannwart gewesen wäre, so hätte ich mögen leiden, daß es durch das ganze Jahr alle Tage auf's wenigste nur zweimal geschehen wäre.

Also geschah dem heranwachsenden Salz von den Vieren, welche den Bannwart trugen, kein Schaden, denn sie waren Mitglieder des Gerichts und wußten mit ihren Drachenfüßen so subtil einherzutreten, daß durch sie, denen der gemeine Nutz dazu viel zu sehr am Herzen lag, nichts beschädigt werden konnte.

## Sechzehntes Kapitel

*Wie das Salz wuchs und zeitig ward und wie es die Schildbürger nicht abschneiden konnten.*

Das Salzkraut, wofür es die Schildbürger hielten, wuchs heran, blühte und zeitigte nicht anders, als ob es Unkraut gewesen wäre, von welchem man sagt, daß es nicht verdürbe, und wenn ein Feuerregen darauf fiele. Indessen begab es sich, daß Einer von der Gemeinde, durch die Nothdurft, welche den Bauern die Hosenknöpfe löst, getrieben, aus Eingebung seiner frühern Weisheit, welche ja nicht so leicht zu ersticken und zu unterdrücken war, sondern allzeit wie ein alter Weidenbaum, wenn er geköpft wird, wieder ausschlug, auf den Gedanken gerieth, es wäre Schade, wenn ein solcher Schatz, welchen er bei sich trüge, verloren gehen und Niemand zu Nutz kommen sollte. Darum wollte er ihn vielmehr auf den Salzacker tragen, so komme er der ganzen Gemeinde zu Gut, Jedem, der ihn brauchen wolle, unverwehrt. Welches er denn gethan, entweder in der uneigennützigen Meinung, mit diesem seinen Kleinod dem gemeinen Besten, so viel an ihm gelegen, unter die Arme zu greifen, wie es eines Jeden Pflicht ist, damit nichts verloren werde, auch das geringste Bißlein aufzuheben, oder aber um sich ein Recht auf die öffentliche Dankbarkeit zu erwerben, wie Jener mit dem Hasengarn, welches er der Gemeinde verehrt und dafür, so alt und zerrissen es auch war, großen Dank erlangte, indem sie, als verständige Leute, die von ihrer Weisheit noch einen ziemlichen Antheil an sich behalten hatten, des Gebers Willen, Herz und Gemüth viel mehr als den Werth der Gabe in Betracht gezogen.

Darum eilte dieser fromme Schildbürger behend, eilends und geschwind, ohne Verzug, als flöge er davon, auf den Acker, und schwebte in tausend Ängsten, bis er dahin kam. Denn er besorgte immer, er müßte des Gemeinwesens Einkommen fallen lassen, eh er es dahin liefern konnte, wohin er es bestimmt hatte. Doch verbiß er es sofort, daß er nichts verzettelte, bis er auf den Acker kam, wo er dann niederhockte und einen Markstein setzte, wie die Bauern zu thun pflegen, zumal wenn die Kirschen, wie zu derselbigen Zeit, wohl gerathen sind.

Als er nun seine Sache so gut gemacht hatte, daß er vermeinte, sein Bestes gethan und nichts dahinten gelassen zu haben, erwischte er von ohngefähr eine Hand voll des Salzkrautes (gedenkend, der Nutz, der von ihm dahinkomme, übertreffe den Schaden weit), dem Hans Unflat zum hintern Stern das Maul zu wischen und die Nase, in der er eine lange, tiefe Schramme hatte, zu putzen. Aber dasselbe Kraut war so scharf und riß in des Bauern Gesäß, und dabei so hitzig, dieweil er nicht gar witzig, und brannte ihm, indem er das Maul zuweit aufgethan hatte, dermaßen auf der Zunge, daß er recht als ob er thöricht wäre auf und niederlief, und mit vollhälsiger Stimme schrie: Es ist Schelmenwerk! Schelmenwerk ist es!

Doch besann er sich eines Bessern und gedachte, das Salzkraut wäre vielleicht so scharf, daß es ihn nicht anders als der Senf in die Augen gebissen hätte, freute sich und wollte sogleich der Gemeinde das Botenbrot abgewinnen. Darum lief er eilends, damit ihm nicht Jemand zuvorkäme, nach dem Flecken Schilde (denn, seit sie angefangen hatten, Narren zu seyn, wollten sie ihr Dorf nicht mehr ein Dorf heißen lassen, und warfen den, der es ein Dorf nannte, in den Brunnen, wenn er sich nicht wollte in die Flasche stoßen lassen), ließ die große Glocke stürmen, damit alle Schildbürger zusammenkämen und die gute Mär vernähmen. Da sie nun zusammengeruschelt waren, zeigte er ihnen vor Freude zitternd an, indem er sie ermahnte, fröhlich und gutes Muthes zu seyn: wie das Salz schon so scharf wäre, daß es ihn auf die hintere Zunge gebissen habe, woraus denn abzunehmen, daß es sehr gutes Salz, werden würde.

Hiemit beredete er die Schildbürger, daß sie allzumal mit einander und er mit ihnen hinaus auf den Acker gingen, wo sie ihm dasjenige, was er ihnen an seiner rauhen Tafel gezeigt, wie sie es von ihm gesehen hatten, in aller Ehrbarkeit nachthaten, der Schultheiß vor allen andern, seine Geschworenen hernach und zuletzt die übrigen, je nachdem Einer eine größere oder kleiner Blöße hatte. Und als sie Alle Gleichmäßiges erfuhren, wurden sie sehr froh also, daß Keiner darunter war, der nicht in seinem Sinne schon jetzt und allbereits ein mächtiger Salzherr gewesen wäre.

Als aber die Zeit herbeigekommen war, daß man das aufgewachsene Salz, damit es nicht abfalle, schneiden und einsammeln sollte, rüsteten sie sich Alle, und bereiteten Alles aufs Beste und Fleißigste, was sie vermeinten, daß zu dem vorhabenden wichtigen Werk nothwendig erfordert würde. Etliche hatten sich mit Sicheln versehen, das Salz zu mähen; andere hielten Pferde und Wagen bereit, um es als Hanf heimzuführen, etliche Flegel aber hatten Flegel gerüstet und hingebracht, selbiges auszudreschen.

Wie sie aber Hand anlegen und ihr gewachsenes Salz abschneiden wollten, siehe, da war es so scharf, herb und hitzig, daß es ihnen die Hände ganz und gar verbrannte und verwüstete. So weit aber hatten die Schildbürger nicht gedacht, daß sie Handschuhe angezogen hätten, denn sie vermeinten, weil es Sommer wäre, würde an ihrer spotten, wenn sie sich derer bedienten. Etliche waren der Meinung, man sollte es abmähen, wie das Gras, Andere widerriethen das, weil zu besorgen war, der Samen möchte abfallen. Wieder Andere vermeinten, es wäre vielleicht gut, wenn man es mit einer Armbrust abschösse; weil sie aber keine Schützen unter sich hatten, auch besorgten, die Kunst des Salzbauens käme aus, wenn sie nach fremden Leuten schickten, so blieb Solches unterwegen. Summa Summarum, die Schildbürger konnten eben nicht weiter kommen mit ihrem Salz und mußten es auf dem Felde stehen lassen, bis sie bessern Rath fänden, was damit zu thun wäre. Und hatten sie zuvor wenig Salz gehabt, so hatten sie jetzt noch weniger, denn was sie nicht verbraucht, das hatten sie versäet; litten also großen Mangel an Salz, zumal am Salz der Weisheit, welches ihnen ganz dünne geworden war.

Es wäre ihnen wohl zu wünschen gewesen, daß sie Einer die Kunst gelehrt hätte, den Schnee des Winters hinterm Ofen zu dörren und als Salz zu gebrauchen; wie das vor Zeiten Einer gethan, dem es jedoch, weil er die Kunst mißbrauchte, übel ausschlug. Was sage ich aber viel? der Schildbürger Keiner konnte die Ursache errathen, warum ihr Salz so scharf wäre. Sie gedachten, das Feld wäre vielleicht nicht recht gebaut, zu viel oder zu wenig gedüngt gewesen, wollten es ein ander Mal besser machen und ihre Observationes darüber sammeln und aufzeichnen. Ich wußte zwar wohl, daß es Nesseln waren, was die Schildbürger für Salzkraut hielten, weil sie so scharf brannten; wollte es ihnen aber nicht sagen, sondern sie in ihrer Thorheit belassen, damit sie den Lohn derselben empfingen, so gut als wir von der unsern. Auch gedachte ich in meinem närrischen Kopf, es sei den Schildbürgern eben zu Muth wie mir und dir, die wir auch nicht leiden mögen, daß man uns unsern Kolben zeige und unsere Fehler und Mängel offenbare; denn kein Esel soll den andern Langohr nennen.

## Siebzehntes Kapitel

*Wie der Kaiser von Utopien den Schildbürgern seine bevorstehende Ankunft bei ihnen anzeigt und sie in Eil einen Schultheißen wählen.*

Der Schildbürger frühere Weisheit war zwar weit und breit durch die ganze Welt bekannt geworden, so daß Jedermann davon zu sagen wußte; allein es hatte dazu langer Zeit bedurft. Das Gerücht von ihrer neuangenommenen Thorheit erscholl dagegen in kurzer Zeit noch viel weiter, so daß schier Niemand mehr war, der nicht gewußt hätte, was sich bei ihnen zugetragen. Welches uns jedoch, wenn wir Menschen uns nur selber recht erkennten, kein Wind erscheinen dürfte, denn weil wir Alle zu Narren geworden sind, indem wir rechte Weisheit verloren haben, und zwar muthwilliger Weise, so pflegen wir allzeit mehr der Narrheit nachzufragen und der Thorheit nachzuforschen als der Weisheit. Also erging es hier auch, denn der Schildbürger Weisheit hatte viel Jahre gebraucht, bekannt zu werden, dagegen ihre Thorheit durch die Welt erscholl, eh sie nur recht angefangen hatte.

Wie nun der Kaiser von Utopien, welchem Etliche nur den Königtitel geben, in Reichsgeschäften in diese Gegend gelangte, ward ihm viel gesagt von denen zu Schilde und von ihren seltsamen, abenteuerlichen, närrischen Possen. Darob verwunderte sich der Kaiser sehr, und um so mehr, als er sich zuvor auch in wichtigen Sachen ihrer Weisheit bedient und ihres Rathes gepflogen hatte.

Weil er nun ohnedies verziehen mußte, bis die Stände des Reichs, welche er berufen hatte, versammelt wären, so begehrte er selbst zu ihnen zu ziehen, um an Ort und Stelle zu erkundigen, ob sich die Dinge gänzlich so verhielten, wie von ihnen gesagt wurde, oder ob es ein nichtiges Geschrei wäre, vielleicht auch die Sache befiedert und aufgestutzt würde. Wie Solches gemeiniglich zu geschehen pflegt, wovon ein guter Geselle, der die Erfahrung machen wollte, bald überzeugenden Beweis gewann. Denn als er seinem Weibe unter dem Siegel der Verschwiegenheit vertraut hatte, sein Nachbar habe ein Ei gelegt, sagte sie es, ehe eine halbe Stunde verlaufen war, ihrer Gespielin, welche gleichfalls still zu schweigen versprechen mußte, machte aber zwei Eier daraus. Diese sagte es unter derselben Bedingung einer dritten, welche noch ein Ei zulegte: und also ging es weiter, bis er, ehe es Nacht geworden, mehr als ein Dutzend Eier gelegt hatte, da es doch anfänglich nur Eins gewesen.

Um solcher Ursachen willen fertigte der Kaiser alsbald seine Gesandten zu ihnen ab, sie von seiner Ankunft zu verständigen, damit sie sich darauf rüsteten und gefaßt machten. Er ließ ihnen auch dabei anzeigen und vermelden (ohne Zweifel, sie zu versuchen, und ob sie recht närrisch seien zu erfahren), er wolle sie bei allen ihren von Alters hergebrachten Privilegien, Freiheiten und Gnaden nicht nur schirmen und handhaben, sondern sie auch, wo es die Nothdurft erforderte, noch fernerweit befreien und begnaden, wenn sie ihm auf seine Rede, die er zuerst zu ihnen sprechen würde, so antworten könnten, daß sein Gruß und ihre Antwort sich auf einander reimten. Darauf sollten sie bedacht sein, und ihm, wenn er käme, halb geritten und halb gegangen zum Empfang entgegen kommen.

Den armen Schildbürgern war mit solcher Botschaft die Angst in den Busen geschoben, daß sie nicht anders erschraken als eine miauende Katze vor dem Kürschner oder eine arme meckernde Geiß vor einem Schneider, wenn sie sich unversehener Dinge vor ihm befinden; denn obschon sie Bauern waren, welche gemeinlich für simple, schlichte, einfältige Leute gehalten werden, so fürchteten sie dennoch, daß etwa der Kaiser (welcher mit seinen Augen, ob sie gleich nicht größer als andrer Leute Augen, viel weiter als andere sehen könne, wie denn die Herren auch lange Hände haben und Einen über viele Meilen Wegs beim Haar erwischen und greifen können) ihre künstlich angenommene Narrheit merken möchte, wodurch sie denn nicht nur in allerhöchste Ungnad und Strafe fallen, sondern auch vielleicht gezwungen werden möchten, wieder witzig und verständig zu werden und es allda anzufangen, wo sie es zuvor gelassen hatten.

Und in der That, sie hatten wohl Grund und Ursache zu solcher Besorgniß, denn es ist ja nicht ein Geringes, sich selbst zum Narren zu machen, sintemal hiedurch dem allgemeinen Besten, dem wir auch unser Leben, so fern es sich erstrecken mag, schuldig sind, das Seinige geraubt und entzogen wird. Man sollte vielmehr die Zeit abwarten, daß Einer entweder von selbst ein Narr oder durch Andere zu einem Narren gezimmert, gemeißelt, gesäget, gehobelt, gebohrt, genetzt und geschworen wird, in welchem Fall sich Einer ohne Furcht und Scheu, auch ohne Verweis und Aufrücken, einen Narren mag schelten lassen von Jedem, und wäre er schon ein größerer Narr als du bist.

In solchem Schrecken, wie obgemeldet, suchten die Schildbürger bei ihrer alten abgelegten Weisheit Rath und Hülfe, wo sie dann bald fanden, was in der Sache zu thun wäre. Darum ordneten sie Alles, was nöthig, im Stall für die Pferde und in der Küche für sich und den Kaiser aufs Fleißigste an, damit Nichts vergessen würde und sie den Kaiser aufs Stattlichste in ihrem Dorf empfangen möchten.

Weil aber eine ganze Herde Schweine ohne Hirten eben so wenig anfangen kann als ein ganzer Leib ohne Haupt, und sie zu allem Unglück eben damals keinen Schultheiß hatten, indem ihnen der Erste, welchen sie beim Anfang ihrer Thorheit gehabt, M. O. R. U. S. (schau zu, daß du es nicht seist) genannt, aus lauter Eifer gar zum Narren und deßhalb zu solchem Amt untauglich geworden, sie aber, nach ihrem hohen Verstand, wohl erkennen und erachten konnten, daß sie nothwendigerweise einen haben mußten, auf welchen sie Alle nicht anderes sähen als lose Mücken auf einen geschälten Apfelschnitze: also gingen sie zu Rath und ließen herumrathen, wie Einer, ohne daß Unwillen erregt würde, zu erwählen wäre; wie sonst gemeinlich zu geschehen pflegt, wo man Ämter, sonderlich den Adel austheilt, daß Jeder gern der Erste und Vorderste wäre.

Solchem Ungemach, woraus gemeinlich nichts Gutes erfolgt, zu begegnen und zuvorzukommen, ward nach gehaltener Umfrage der Beschluß gefaßt: sintemal man dem Kaiser auf sein erstes Wort reimweise antworten müsse, so wolle es das Beste scheinen, daß derjenige Schultheiß werde, welcher am folgenden Tag den besten Reim hervorbringen würde. Darauf sollten sie sich nur wohl bedenken und es die Nacht über beschlafen. Also gingen die Schildbürger von einander und war Keiner unter ihnen, welcher nicht gedacht hätte, Schultheiß zu werden; zerstudirten und zerspintisirten sich also die ganze liebe lange Nacht, daß sie Morgens kaum wußten, wo ihnen der Kopf stünde.

Nun ward der Schweinehirt, welcher auch ein guter Gesell war, eben auch unter ihre Zahl gerechnet. Dieser, ob er gleich schon in anderer Weise Schultheiß war, indem er mit seinem Stabe unter die Schweine warf, so wäre er doch gern höher gestiegen und hätte seine

Probstei gern um eine Abtei vertauscht: darum studirte er auch vorgemeldeten Handel und ging mit schweren Gedanken solchermaßen schwanger, daß er die ganze Nacht über unruhig lag, und indem er sich hin und her wälzte, sein Weib mehr als einmal an solchen Orten entblößte, wo ich ungern hinblasen möchte. Woraus denn sie, die von der alten aufgegebenen Weisheit etwas, das sonst verloren gegangen wäre, zurückgelegt hatte (wie denn die Weiber gemeinlich haushälterisch sind und allzeit gern in der Küche sparen, damit sie in der Zeit der Noth zu naschen haben), leichtlich vermerkte, daß ihm etwas hart und beschwerlich aufliege. Sie fragte ihn also, warum er so unruhig sei, das solle er ihr sagen, vielleicht könne sie ihm darin helfen und rathen. Aber er wollte es ihr nicht sagen, weil er es für unziemlich erachtete, aus dem Rath zu schwatzen. Sie lag ihm aber so hart an (wie denn die Weiber so vorwitzig sind, daß sie Alles gern wissen möchten, was allenthalben geredet und gethan wird), daß er es ihr, wenn er sie nicht ganz unerbittlich finden wollte, nicht länger verhalten durfte, sondern ihr Alles offenbarte, wie die Sache beschaffen wär und wie er damit umginge, Schultheiß zu werden; jedoch mit dem Beding, daß sie es Niemand sagen sollte, daß er aus dem Rath geschwätzt habe.

Als sie solches gehört, wäre sie eben so gern Frau Schultheißin gewesen als ihr Mann Schultheiß, fand also bald Rath, was zu thun sei. „Ach, mein lieber Mann," sprach sie, „bekümmere dich um diesen Handel nicht zu sehr und laß dir keine grauen Haare am Arm darum wachsen. Was willst du mir geben, wenn ich dich einen Reim lehre, daß du Schultheiß wirst?" – „Wenn du das thust," sprach der Sauhirt, „und ich Schultheiß werde, so will ich dir einen schönen neuen Pelz kaufen." – Die Frau, die in ihrem Sinne schon Frau Schultheißin gewesen, war das wohl zufrieden und fing als an, ihm diese Reime vorzusprechen:

„Ihr lieben Herrn, ich tret herein,
Meine Hausfrau heißet Katharein,
Sie hat ein Maul, wüst wie ein Schwein,
Und trinkt gern guten kühlen Wein.“

Diesen Reim sprach sie ihm neunundneunzig Mal vor, und er ihr eben so oft nach, bis er endlich vermeinte, es hätt ihn gar gefressen und verschluckt; käute ihn deßwegen die ganze Nacht, wie jener Bäurin Sohn seinen Stolzreim, bis es Tag wurde, was er kaum erwarten konnte, so schwanger ging er mit einem Schultheißen. Deßgleichen geschah auch von den andern Schildbürgern. Denn sie bekamen Alle dicke Köpfe, und war Keiner unter ihnen, der nicht die ganze Nacht wär Schultheiß gewesen.

Als nun der angesetzte Tag erschien, an welchem sie zusammenkamen, und zur Wahl eines Schultheißen schreiten und greifen sollten, da sollt einer Wunder über Wunder gehört haben, was zierlicher, wohl geschlossener und vollgestoßener Reime von ihnen vorgebracht wurden, also daß es höchlich zu verwundern gewesen, woher ihnen doch solche Kunst angeflogen sei; falls sie solche nicht vielleicht bei ihrer alten abgelegten Weisheit gesucht und hervorgelangt haben.

Und es ist immer Schade, daß nicht alle ihre Reime aufgefangen und in Schrift verfaßt worden sind; wir müssen uns aber mit den nachfolgenden, welche noch vorhanden, trösten und behelfen.

Der Vierte (denn der drei Ersten Reime sind verloren) trat hinein und reimte nach gethaner Reverenz also:

„Ich bin ein rechtschaffner Bauer
Und lehne meinen Spieß an die Wand.“

„Oho!“ sprach der Fünfte, „kannst du es nicht besser, so bleibst du wohl draußen wie Pletz. Laß mich Schultheiß werden! Vide:

Ich heiße Meister Hildebrand
Und lehne meinen Spieß an die Mauer."

„Ei ja," sprach der Siebente, denn der Sechste mangelt im rothwälschen Exemplar, „du wärst eben der rechte Schultheiß. Wie wärs aber, wenn ichs noch besser machte, und dich abstäche? Audi:

Ich bin genannt der Hänslein Stolz
Und führ einen Wagen mit Scheitern."

„Wie wär der", sagte der Achte, „so gern Schultheiß, wenn er nur dran kommen könnte. Aber ists möglich, daß ichs werden kann, so wirds Nichts mit Jenem. Audi conveni:

Man sagt, ich hab einen schweren Kopf
Und sei ein arger loser Schelm."

„Sobald werd ich nicht Schultheiß", lachte der Zehnte; „aber laßt hören, was ich könne:

Mit Namen heiß ich Hänslein Beck,
Dort steht mein Haus an jenem Ort."

„Du mußt es grade werden", sagte der Elfte; „ja, hinter sich tragen wir Bauern die Spieße. Wie aber wenn ichs würde?

Was soll ich viel reimen oder sagen,
Eh ich hab einen vollen Hals."

„Noch hat mirs Keiner zuvorgethan", sprach der Dreizehnte; „merkt auf, was ich sagen will:

Wer nicht wohl kann reimen und renken,
Den sollte man an den Galgen knüpfen."

„Auf Seite mit allen diesen Reimern, auf Seite!" sprach der Vierzehnte. „Ich wollte, daß es einen guten Käse geben sollte, wenn ich nicht Schultheiß würde; wer will wetten?

Ich Herr ich möcht gern Schultheiß sein,
Darum kam ich zu Euch hieher.“

Viel andere Reime wurden da noch vorgebracht, die aber in dem Originale, das von Würmern und Buchschaben arg zerfressen, nicht zu lesen gewesen. So viel ist aber gewiß, daß, während sich die Vorgemeldeten, und noch viel Andere, gedachtermaßen hören und vernehmen ließen, indeß der arme Sauhirt in höchsten Ängsten nicht weit davon stand, immer fürchtend, daß etwa ein Andrer seinen Reim vorbrächte, der noch Schultheiß würde und ihn somit verkürzte. Und so oft Einer der Andern nur ein einziges Wörtlein sagte, das in seinen Reimen (die er bis dahin wohl tausendmal repetirt und wiederholt) auch vorkam, erschrak er solcher Maßen, daß ihm das Herz hätte mögen in die Hosen fallen. Da nun die Ehre der Ordnung nach auch an ihn kam, daß er reimen sollte, trat er herfür und sprach:

„Ihr lieben Herrn, ich tret hieher,
Meine Hausfrau, die heißt Katharein,
Sie hat wie eine Sau ein Maul
Und trinkt gern guten kühlen Most.“

Das lautet nach etwas, das möcht es thun und ausrichten, sprachen die Rathsherren. Da nun die Umfrage gethan wurde, fiel das Urtheil auf den Sauhirten, der einhelliglich zum Schultheißen erwählt und angenommen ward. Denn sie hielten gänzlich dafür, er würde dem Kaiser wohl können reimweis antworten und gute Gesellschaft leisten. Zudem sei er ein Handwerksmann, da sonst die andern alle Bauern wären.

Unser Sauhirt nahm solche Ehre gern an, denn er war lange damit schwanger gegangen, und erfuhr in der That jetzt selber, wie weit Glück und Unglück von einander wären: nämlich nur so weit als Tag und Nacht. Denn welcher die vergangene Nacht ein Sauhirt gewesen, ward jetzt ein gewaltiger Schultheiß zu Schilde.

## Achtzehntes Kapitel

*Wie der Schultheiß zu Schilde ins Bad ging und was sich mit ihm zutrug.*

Die Ehr und Würde des Schultheißenamts that dem Sauhirten so wohl, daß er sich stets damit kitzelte und wohl zehnmal in einer Stunde zu einer Frau sagte: „Gelt, Frau, es ist mir einmal gerathen." Nun gedachte er wohl, er müßte nothwendigerweise den Sauschweiß, Staub und Unflat von sich abwischen, und weil er einen neuen Stand an sich genommen, sich auch mit Gebehrden, Reden, Kleidung u.s.w. in den Handel schicken. Darum wollte er alsobald am Samstag in die Stadt ins Bad gehen und als ihm unterweg ein Anderer, welcher vor etlichen Jahren die Säue mit ihm gehütet, begegnete und ihn ohne zu wissen, daß es der Schultheiß wäre, als einen alten Sauhirten und guten Gesellen dauzte, sagte der Schultheiß zu ihm: „Du sollst uns jetzunder nicht mehr dauzen, denn wir sind nicht mehr, der wir zuvor waren, wir sind jetzunder unser Herr der Schultheiß zu Schilde." – „Potz tausend Teufel!" sagte der Andere, „das hab ich nicht gewußt, mein Herr Schultheiß, verzeihet mir. Glück zu in eurem Regiment gegen eure Unterthanen." – „Hab Dank!" sagte mein Herr, der Schultheiß. „Es ist ein ungezogenes Volk um die zu Schilde. Die andern Schultheißen, unsere Vorfahren im Ehrenregiment, haben sie machen lassen, was sie nur immer gewollt, wodurch viel Unordnung eingeschlichen. Die müssen wir jetzunder wenden, mit so großer Mühe und Arbeit, daß wir nicht schlafen können und uns der Kopf darüber zerbricht. Aber wir wollen eine Ordnung unter sie bringen, oder nicht ihr Amtmann sein."

Also zog mein Herr Schultheiß fort und kam ins Bad. Daselbst stellte er sich gar witzig, saß in sehr schweren, tiefen Gedanken, zählte bisweilen seine Finger ab, redete mit sich selbst und sonst mit Niemand, also daß sich die, welche ihn zuvor gekannt, über solche jähe Veränderung verwunderten und vermeinten, er wäre vielleicht melancholisch, denn sie wußten nicht, daß er Schultheiß wäre und ihm die Ehre so weh thäte. Indessen fragte er Einen, der zunächst bei ihm saß: ob dieses die Bank sei, auf welcher die Herren zu sitzen pflegten? Der antwortete „Ja." – „Wie hab ichs denn so fein getroffen," sagte der Schultheiß; „ich glaube wahrhaftig, die Bank hat mirs angerochen, daß ich zu Schilde Schultheiß sei."

Wie er nun lange also sitzt und tapfer schwitzt, so kommt der Bader zu ihm und sagt: „Guter Freund, habt ihr den Kopf gewaschen und euch reiben und kratzen lassen, so sagt es; ist es nicht geschehen, so will ich Lauge herholen und euch ausreiben." Der Schultheiß, der in tiefen Gedanken geschwitzt hatte, antwortete: „Lieber Bader, ich weiß wahrlich nicht eigentlich, ob ich gewaschen und gerieben bin oder nicht; denn unser Einer hat so viel zu sinnen, zu gedenken und zu trachten, damit das gemeine Wohl nicht Schaden leide und Recht und Gericht gehandhabt und gefördert werden, daß wir solcher schlechten Sachen nicht wahr nehmen, und sonderlich ich, der ich dabei sinnen muß, wie ich dem Kaiser reimweis antworte. Denn versteh mich recht, ich bin der Schultheiß von Schilde." Über solche seine Rede, die doch sein bitterer Ernst gewesen, fingen Alle, die im Bade waren, an wie die andern Narren zu lachen; ließen ihn jedoch bei seinen Ehren bleiben und noch eins darauf schwitzen.

## Neunzehntes Kapitel

*Wie der Schultheiß seiner Schultheißin einen neuen Pelz kaufte und was ihm dabei widerfahren sei.*

Unsere gnädige Frau, die Schultheißin, vergaß nicht, ihren verheißenen Pelz oft zu fordern. Welches denn nichts Unbilliges war, in Betracht, daß, wo sie nicht gewesen, er noch viele Jahre lang die Säue hüten müssen, wie sie denn auch eben so lang hätte müssen Sauhirtin bleiben. So wollte sichs in aller Weise gebühren, daß er, welcher vornehmlich die Gerechtigkeit fördern sollte, sein Versprechen halten und seiner Frau auch das, was ihr von Rechtswegen gebührte, zukommen ließe.

Als deßhalb mein Herr der Schultheiß bald nach Antretung seines Dienstes wieder einmal, nachdem er schon im Bad gewesen, wichtiger Geschäfte halber in die Stadt gehen wollte, vergaß meine Frau, die Schultheißin, nicht, ihn fleißig an den Pelz zu mahnen, den er ihr verheißen hätte zu kaufen, wenn sie ihm dazu verhülfe, Schultheiß zu werden, wie sie gethan. Woraus denn zu ersehen, daß es viel besser sei, den Weibern zu kaufen, damit man ihres Drillens und Bettelns ledig werde, als ihnen etwas verheißen; denn sie haben ein sehr gu gu gutes Gedächtniß, wie jener Schildbürger, welcher begehrte, Schreiber zu werden, konnte aber weder lesen noch schreiben, sondern sagte, er habe ein sehr gutes Masmorium. Aber verzeihet mir, ihr lieben Schildbürger, ich habe den Hu Hu Husten, und fahret im Lesen fort.

Als der Schultheiß in die Stadt kam, fragte er alsbald unterm Thor den Thorwärter, wo eines Kürschners Haus sei? Der Thorwart zeigte es ihm; aber mein Herr der Schultheiß fragte weiter, ob es der sei, bei welchem die Schultheißen ihren Frauen neue Pelze kauften, denn er sei Schultheiß zu Schilde geworden, erst neulich. Da vermerkte erste der Thorwächter, daß er etwas zu viel oder zu wenig gebacken, und indem er durch eine Mühle gelaufen, vielleicht mit dem Sack geschlagen worden, und gedachte deßhalb, er würde gut sein, nach der Holzschere, wie man zu sagen pflegt, umherzulaufen. Darum wies er ihn an das äußerste Ende der Stadt zu einem Kübler, so ein rechter Faxenmacher gewesen: bei dem sollte er nach Schultheiß-Pelzen fragen.

Der gute Schultheiß ging in aller Ehrbarkeit, wohin er gewiesen worden und fragte bei dem Kübler nach Schultheiß-Pelzen, er sei der Schultheiß zu Schilde. Der Kübler merkte bald, was die Kreide gelte, und sagte deßhalb zu ihm: es sei ihm sehr leid, daß er ihr E.W. nicht fördern, und wie er gern wollte, versehen könne, indem er eben den Tag zuvor, der ein Markttag gewesen, alle, die er gehabt, hinweg gegeben. Damit ihm aber geholfen würde, wies er ihn in eine andere Vorstadt zu einem Wagner: daselbst, verhoffe er, werde er Pelze finden nach seinem Begehren.

Mein Herr Schultheiß kam zu dem Wagner und fragte ihn, ob er keine Pelze hätte, er wäre der Schultheiß von Schilde. Der Wagner, der auch ein Spottvogel, wies ihn zu einem Schreiner, der Schreiner zu einem Sporer, der Sporer zu einem Sattler, der Sattler zu einem Organisten, der Organist zu einem Staudenten, der Staudent zu einem Stubenkauz, der Stubenkauz zu einem Buchbinder, der Buchbinder zu einem Fischer, der Fischer zu einer alten Vettel, die alte Vettel zu den Druckergesellen, wo er recht empfangen worden, die Druckergesellen zum Buchhändler, vor dessen Laden oft mancher Schildbürger zu finden, der Buchhändler zum Kuchenbäcker: da finde er sie, zum Auffressen wie er sie nur haben wolle.

Als nun Herr Schultheiß auch daselbst nach Pelzen gefragt hatte, antwortete ihm der Lebküchler: er habe zwar diesmal keine, wenn er aber eine kleine Weile Geduld habe, so wolle er ihm von

Lebkuchen einen anmessen und backen: den könne er, wenn er seinem Weib nicht gefiele, mit ihr essen, alle Morgen ein Mümpflein davon. Dessen bedankte sich der Herr Schultheiß aufs Höchste, sagte jedoch, er wäre nun so lange nach dem Pelz herumgelaufen, daß er zu warten nicht Zeit genug habe: er müsse wieder heim, sein Amt zu verrichten, denn er sei Schultheiß zu Schilde. Der Kuchenbäcker, der etwas frömmer gewesen als die Obgemeldeten, und gedachte, der Herr Schultheiß wär lang genug nach der Holzscher herum gelaufen, erbarmte sich seiner Einfalt und wies ihn zurecht zu einem Kürschner, wo er Pelze fand aller Art, wie er sie nur begehrte.

Der Kürschner fragte ihn alsbald, was er für einen Pelz begehre, wie groß und wie lang er sein sollte? – Der Schultheiß antwortete: „Wenn er nur mir gerecht ist, so giebt er meinem Weib, der Frau Schultheißin zu Schilde, auch warm. Denn mein Hut ist ihr auch recht und der ihre mir; ist deßhalb der Pelz, der mir gerecht ist, auch ihr gerecht.“ Daselbst kaufte er denn gewißlich einen stattlichen Pelz aufs Dorf hinaus, den sich eine Frau Schultheißin in der Stadt auch nicht hätte schämen brauchen zu tragen.

Da nun der Herr Schultheiß heim kam, empfing denselben Pelz die Frau Schultheißin mit Freuden (wer weiß, wie der Herr Schultheiß empfangen worden), versuchte ihn gleich und ließ sich darin besehen, hinten und vorne und nebenzu auf beiden Seiten, oben und unten, innen und außen. Und als sie ihn genugsamlich probirt und approbirt und gut geheißen hatte, begehrte der Herr Schultheiß von ihr, sie sollte ihm Küchlein backen, so wolle er eine Wurst dazu geben und ein Maß Wein bezahlen: welches anzunehmen sie ihm zusagte.

Da sie ihm aber wollte grobe dicke Schnitten backen, wie sie ihm vor Zeiten, da er noch ein Sauhirt gewesen, gebacken hatte, sagte er ganz unwirsch: „Wofür siehst du mich an? meinst du, ich sei ein Sauhirt? weißt du denn nicht, daß ich nicht der Schnittenbacher, sondern der Herr Schultheiß allhier zu Schilde bin?“ Also mußte sie ihm Sträublein backen: die aßen sie mit einander auf und ließen sichs wohl schmecken und thaten zuweilen aus der Weinkrause einen guten Schlaputz dazu.

Die Frau Schultheiß hätte gern öfter getrunken, mußte sich aber etwas schämen vor ihrem Herrn dem Schultheißen, darum erdachte sie folgende List. „Du glaubst nicht,“ sagte sie, „wie mich dieser Pelz freut.“ – „Ist es wahr?“ sagte er. – „Ja,“ sagte sie, „wenns nicht wahr ist, so stoße mir dieser Trunk das Herz ab.“ Hiemit trank sie einen guten Schluck. Bald darauf sagte sie: „Unsres Nachbars Knecht hat bei der Magd gelegen.“ – „Ei was,“ sagte der Schultheiß, „ist es möglich?“ – „Ja,“ sagte die Schultheißin, „wenns nicht wahr ist, so stoße mir dieser Trunk das Herz ab.“ Hiemit gab sie der Flasche einen Druck. Abermals sagte sie: „Unsre Greta und Klausens Tochter haben einander geschlagen.“ – „Ei,“ sagte der Schultheiß, „was du sagst!“ – „Ja,“ sagte sie, „wenns nicht wahr ist, so soll dieser Trunk Gift werden in mir.“ Hiemit trank sie wieder einen, daß ihr das Wasser zu den Augen heraus lief. Solches trieb sie so lang, bis sie der Flasche alle Riemen abgetreten hatte, war auch nicht eher zufrieden, bis sie ganz leer war. Wär ich dabei gewesen, ich hätt gewiß auch mit gegessen und du, Gauch, gewißlich auch, hättest eher zu beiden Backen eingeschoben, damit du zu deiner Rechnung kämest und dein gut Geld nicht vergebens ausgäbest.

## Zwanzigstes Kapitel

Die folgende ganze Nacht lag meine gnädige Frau, die neue Schultheißin, in schweren tiefsinnigen Gedanken, welchermaßen sie doch den neuen Pelz anlegen und darin prangen möchte, damit sie ihres Mannes Standesehre nicht schändete noch herabwürdigte, wenn sie sich nicht gravitätisch genug, wie es einer Dorfschultheißin gebührte, anstellen sollte. Welches denn gemeinlich der Weiber Art ist, daß sie nur darauf denken, wie sie sich rechtschaffen aufmutzen, schmücken, zieren, schminken, aufdonnern, einpressen, schnüren, zöpfeln, häubeln, ums Hintertheil füttern und beharnischen, bereifen, bestreifen können u.s.w., damit sie nur ihren Männern Ehre (pfui der Ehre!) seien, ja, damit sie ihnen nur gefallen und oft ums Dinglein angesprochen werden.

Indem sie sich also hin und her wandte und von ohngefähr mit dem Ellenbogen dem Herrn Schultheißen (der auch mit einem rechtschaffenen Narren, der ihm wenig Ruh ließ, schwanger ging und die ganze Nacht über damit zu schaffen hatte) so ungestüm in die Seite stieß, daß er davon erwachte, sprach er zu ihr: „Bei Wem liegst du?“ – Sie that dergleichen, als ob sie schliefe und antwortete wie ein Hund, wenn er gefragt wird. Über eine halbe Stunde fragte er wieder. Da er ihr einen Ehrentitel nicht gab gedachte sie: da kannst du ein Auge zuthun, wie jener Bettelvogt sagte, welcher, so er ein Auge zudrückte, ganz blind war. Sie sagte also ganz maulfaul: „Bei dir.“ Der gute Schultheiß, welcher seinen Ehrentitel noch nicht hörte, war dessen nicht zufrieden, daß sie ihn so abfertigte, stieß sie derowegen bald wieder, fragend: „Gnädige Frau Schultheißin, bei wem liegt E.W.?“ Die Frau Schultheißin ward unwillig über die Frage, weil sie schon mit ihrem Pelz genug zu schaffen hatte und sagte deßhalb in rechtem Zorn: „Was fragst und plagst du Eins doch lang? Beim Narren liege ich!“ – „Ei nein, Frau,“ sprach der Schultheiß, „das sage bei Leibe nicht, daß du bei einem Narren liegst, denn der, bei dem du liegst, ist der Schultheiß zu Schilde.“ Aus Solchem vermerkte die Frau, daß ihr E.W. der Schultheiß etwas unwillig und erzürnt wäre, kehrte sich derowegen um, gähnte, streckte und stellte sich, als ob ihr gedrümmelet hätte und sie eben aus dem Schlaf erwacht wäre: „Was, was ists?“ sagte sie. Hiemit ward es Tag und kam eine Sau und biß ihm ein Ohr ab.

Die gute Frau Schultheißin fürchtete immer, die ganze Nacht währe zu lang und es würde nimmer Tag werden, daß man ihren Pelz sehen könnte; sie freute sich also desto mehr, als sie den lieben Tag doch wirklich hereinbrechen sah. Also stand sie sehr früh auf und fing an zu mutzen und zu putzen, mit dem Vorhaben, dieweil es eben Sonntag und die Nachbarn alle in der Kirche bei einander versammelt wären, sich allda beschauen zu lassen, damit sie nicht etwa von Haus zu Haus und von einem Stalle zum andern gehen müsse, um sich besehen zu lassen, welches dann gar zu viel Zeit würde gekostet haben, indem sie auch zu mir und zu dir hätte kommen müssen.

Mit diesen Gedanken war sie ganz und gar verhaspelt, verirrt und verwirrt, also, daß sie auch des Läutens in die Predigt nicht wahrnahm. Und als sie zuletzt nicht ohne große Mühe und Arbeit fertig wurde und meinen Herrn Schultheißen, welcher vor ihr stund und den Spiegel hielt, wohl hundert Mal gefragt hatte, ob sie hinten und vorne wäre wie eine Frau Schultheißin sein sollte und er Ja dazu gesagt hatte, ging sie aus dem Haus der Kirche zu. Gewißlich hat sie über die Gasse daher geprangt wie eine Geiß an einem Strick.

Nun weiß ich nicht, was die Schuld war: ob meine gnädige Frau, die Schultheißin zu lang geschlafen oder ob der Meßner zu früh geläutet oder aber, welches eher zu glauben, ob der Pfaff des Abends zu ladridang beim Wein gesessen, also nicht auf die Predigt gestudirt und es also kudridurz gemacht habe: genug, als sie mit ihrem neuen Pelz zur Kirche hineinrauschte, war eben die Predigt aus, also daß Jedermann aufstand. Die gute Frau verstund den Handel nicht und beredete sich selbst, dieweil ihr Mann Herr

Schultheiß und sie mithin Frau Schultheißin wäre und obendrein sie einen neuen Pelz an hätte, so geschehe Solches ihr zu gefallen und die Nachbarn stünden ihr und ihrem neuen Pelz zu gefallen auf. Sie sprach also ganz sittiglich und tugendlich (denn das hatte sie schon gelernt), indem sie sich auf beide Seiten kehrte, zu ihnen: „Liebe Nachbarinnen, ich bitte, bleibt sitzen, denn ich gedenke noch wohl den Tag, da ich eben so arm gewesen und so zerrissen und zerlumpt einher gegangen als ihr: darum setzt euch nur wieder nieder."

Bald nach ihr kam auch der Herr Schultheiß, welcher so lang an seinem Bart gestrählt und gestriegelt, hinein getreten, und als er sah, daß etliche Hunde in der Kirche herum liefen und Hochzeit machen wollten, sprach er aus rechtem schultheißlichem Eifer und bitterm Ernst: „Nun will ich auch eine Ordnung unter die Hunde bringen, sowohl als unter meine Unterthanen, welches ich bisher nie können zu Wegen bringen, damit man auch von mir zu sagen habe, oder ich will nicht ihr Schultheiß und Amtmann sein."

Daß aber die Predigt so kurz gewesen, das hatte die Ursache: der Pfaff hatte nur von vier Stücken gepredigt. Das erste, sprach er, weiß ich, aber ihr wissets nicht, sprach er; das andere, sprach er, wisset ihr, aber ich weiß es nicht, sprach er; das dritte, sprach er, wissen wir Beide nicht, sprach er; das vierte, sprach er, wissen wir Beide nur zu wohl, sprach er. Böse Hosen hab ich, das leider weiß ich; aber der lange Rock bedeckt mich, also daß ihr, so ichs nicht sage, nicht wissen mögt, sprach er. Dagegen wißt ihr, ob ihr mir wollt neue machen lassen, welches mir nicht bewußt ist, sprach er. Ich sollte euch sagen, was auf heute für ein Evangelium fällt: das weiß ich, so mir potz Kerbholz! nicht und ihr noch viel weniger, sprach er: aber das Wirthshaus wissen wir allesammt nur gar zu wohl. Hiemit nehme Jeder sein Häfelein und laßt uns Alle mit einander dahin ziehen und hinterm Tisch rathschlagen, wie man den Kaiser empfangen wolle, sprach er.

## Einundzwanzigstes Kapitel

*Wie der Kaiser gen Schilde reiste und unterwegs einen Schildbürger fand, der Käs und Brod aß, und wie er empfangen worden sei.*

Als der Kaiser auf dem Wege war nach Schilda in Misnopotamien und es fast erreicht hatte, fand er auf dem Felde einen Schäfer, sich an seinen Stab lehnend, der hatte in der einen Hand ein Stück Brod, das war ganz schwarz und grob, von rauhen Kleien gebacken. Als der Kaiser das sah, sagte er zu ihm: „Du hast rauhes, schwarzes Brod.“ – „Ja,“ antwortete der Schildbürger, „wenns besser wäre, so nähm ichs auch an.“ – „Wie kannst du es essen,“ sagte der Kaiser, „und davon leben?“ – „Ich muß es halt“, sagte Jener, „mit diesem Käse“, den er in der andern Hand zeigte, „überträufeln.“ Also zog der Kaiser fort und hatte gelernt, wie man das schwarze Brod sollte schmackhaft machen.

Nun habt ihr, liebe Herren, zuvor wohl gehört und verstanden, wie der Kaiser den Schildbürgern durch seine Gesandten entboten, wenn sie ihm könnten auf seine ersten Worte, die er zu ihnen sprechen würde, reimweis antworten, und ihm halb geritten und halb gegangen entgegen kämen, so wollte er ihnen ihr alten Herkommen bestätigen und noch viel mehr Freiheiten dazu geben. Solches hatte die ganze Gemeinde bei dem Wein, zu welchem, zu welchem sie der Pfaffe, wie obsteht, geführt, wohl erwogen und fleißig bedacht, wie die Sache würde anzugreifen sein.

Nun hatten sie die Frage, über welche sie rathschlagen sollten in zwei Theile abgetheilt, damit sie desto besser daraus kommen könnten, sintemal, wer recht und wohl unterscheidet und abtheilt, auch allezeit besser lehrt. Denn sie handelten erstlich davon, wie man dem Kaiser reimweis antworten sollte, darnach, wie sie ihm halb geritten und halb gegangen entgegen ziehen und ihn empfangen sollten.

Über das Erste ward abgestimmt und beschlossen, sie wollten dem Kaiser zuvorkommen und es also einleiten, daß er ihnen eine Antwort geben müßte, wie sie verlangten. Der Schultheiß sollte ihn also zuerst anreden und mit den Worten: „Nun seid uns willkommen!" empfangen. Denn darauf würde der Kaiser nothgedrungen antworten müssen: „Und du mir auch." So das geschähe, hätten sie schon gewonnen, denn der Schultheiß müsse darauf sprechen: der Witzigste von uns ist ein Gauch: das würde sich wohl reimen in Figura, Forma und Materia.

Über den zweiten Punkt aber, wie man dem Kaiser entgegen ziehen sollte, ergaben sich unter andern sonderlich diese Meinungen: Etliche riethen, man sollte sich in zwei gleiche Haufen abtheilen, und der eine Haufen reiten, der andere zu Fuß gehen, je ein Reiter und Fußgänger in einem Glied. Andere vermeinten, es sollte ein Jeder den einen Fuß im Stegreif haben und reiten und mit dem andern auf den Boden gehen, dies wäre ja auch halb geritten und halb gegangen. Aber Andere waren der Meinung, man sollte dem Kaiser auf hölzernen Pferden entgegen kommen, denn im Sprichwort pflege man zu sagen: Steckenreiten seien halb gegangen, zu dem seien solche Pferde auch fertiger, hurtiger, musterlicher und bald gezäumt und gestriegelt.

Der letzten Meinung ward von allen Seiten Beifall gegeben und beschlossen, daß sich Jeder mit seinem Roß bereit halten sollte, welches denn geschah. Denn es war Keiner so arm, daß er sich nicht um ein weißes, graues, braunes, falbes, schwarzes, rothes, gesprenkeltes Pferd, nachdem ein Jeder gern wäre beritten gewesen, umgethan hätte. Dieselben tummelten sie und richteten sie aufs Meisterlichste ab.

Als nun der angesetzte Tag herbeigekommen und der Kaiser mit seinem Hofe heranrückte, sprengten die Schildbürger mit ihren Steckenpferden heraus ihm entgegen. Unterwegs ward es ihrem Herrn Schultheißen (welcher den Abend zuvor saure Buttermilch geschleckt) in den Hosen zu enge, weßhalb er hinter einen Misthaufen beiseit sprengte, vom Pferde absprang, dasselbe anband, und seine Sache so gut machte als er konnte.

Indessen war der Kaiser näher gekommen, und die ganze Schildbürgische Ritterschaft sah sich nach ihrem Schultheißen um, welcher unterdeß hinterm Mist gehockt und Scheiter gehauen hatte. Als er solches sah, nahm er sich, aus Furcht die Gelegenheit zu versäumen, nicht so viel Zeit und Weile, daß er die Hosen zugeknöpft, den Gaul abgelöst und sich darauf geschwungen hätte, sondern seine Hosen, die er bloß herauf gezogen, in der Hand haltend, sprang er auf den Mist, den Kaiser desto förmlicher und feierlicher zu empfangen.

Da nun der Kaiser herzu kam, wußte mein Herr der Schultheiß wohl, daß er den Hut vor ihm abziehen mußte; weil er aber mit der einen Hand die Hosen hielt, die noch nicht zugeknöpft waren, die andre Hand aber dem Kaiser darreichen mußte, faßte er kurzen Rath, nahm den Filzhut ins Maul und mit der einen Hand die Hosen haltend, bot er dem Kaiser die andere dar und sprach: „Nun seid uns willkommen auf unserm Grund und Boden, vester Junker Kaiser.“

Der Kaiser sah aus den Federn wohl, was es für Vögel wären, und daß das Gerücht von der Schildbürger Thorheit nicht nichtig und leer wäre, reichte also dem Schultheißen auch die Hand und sprach:

„Hab Dank, mein lieber Schultheiß, und du mir auch." Da sollte nun der Schultheiß reimweise antworten, wie zuvor unter ihnen beschlossen war; allein er wollte es unbedachterweise nicht thun, damit er sich nicht etwa verschnappte, weßhalb alsbald ein Anderer, in der Meinung, der Schultheiß wäre verstummt, hervorwischte, reimweis antwortete und sprach:

„Der Schultheiß ist ein rechter Narr."

Denn es war in ihrer Rathsversammlung beschlossen worden, man sollte antworten:

„Der Witzigste unter uns ist ein Gauch."

Nun dachte dieser, Gauch und Narr wär ja eins und der Witzigste unter ihnen wär eben der Schultheiß selber, den er deßwegen ehrenhalber wohl nennen dürfe. Solchergestalten gedachte dieser Schildbürger, es gelte gleich, wenn er Eins für das Andere nehme, und reime es sich schon nicht so gar wohl, so sei doch nicht sogar viel daran gelegen, wenn es sich nur in der Worte Bedeutung und Auslegung, woran am meisten liege, reime und schicke.

Solchermaßen ward der Kaiser empfangen. Sie ritten vor ihm her bis gen Schilde, wo sie ihn erst aufs Neue empfingen. Denn der Schultheiß saß ab von seinem hölzernen Klepper, stieg auf einen Misthaufen und reichte dem Kaiser nochmals die Hand. Aber der Kaiser sagte zu ihm: „Was thust du hier auf dem Mist?" – „Ach, vester Junker Kaiser," antwortete der Schultheiß, „ich armer Teufel bin nicht werth, daß mich der Erdboden vor euch trage."

Also führten sie den Kaiser in sein Losoment aufs Rathhaus, dahin sie ihn gelosiert hatten. Sie erzählten ihm auch alle Geschichten, die sich damit zugetragen, daran er ein gnädiges, kurzweiliges Wohlgefallen schöpfte. Auch zeigten sie ihm an, um ihn, bis das Essen fertig wäre, aufzuhalten, was sich mit dem Salzgewächs zugetragen, mit unterthänigster Bitte und Begehren, wofern ihnen solche Kunst gerathen sollte, sie darüber gnädiglich zu privilegiren und zu befreien, damit ihnen nicht Jemand Solches nachthun möchte, zu ihrem unwiderbringlichen Schaden, wie Junker Kaiser selber wohl erachten möchte. Der Kaiser erzeigte ihnen hierin, dieweil ihr Begehren nicht unziemlich, gnädigsten Willen, mit Erlaubniß und Gestattung alles dessen, darum sie an ihn gelangen würden, und noch eines Mehrern, so es die Noth erfordern würde.

## Zweiundzwanzigstes Kapitel

*Wie die zu Schilde dem Kaiser einen großen Hafen mit Senf verehren.*

Nun stunden abermals die Schildbürger in Zweifel und großen Ängsten, was sie dem Kaiser verehren und schenken möchten, indem sie sich auch gleich anderen rechtschaffenen Leuten erzeigen wollten. Sie gedachten aber bei sich selbst, sollten sie ihm Silber oder Gold schenken, das sei bei ihnen sehr theuer, der Kaiser hingegen habe dessen die Fülle; sollten sie ihm aber Essensspeise schenken, als Kraut, Rüben, Speck, Bohnen, Gerste u.s.w., dessen bedürfe er nicht, denn er sei ohnedies ihr Gast, wie er denn allenthalben Gast sei, wo er nur hinkomme. Endlich vereinbarten sie sich, ihm einen großen Hafen mit sauerm Senf zu präsentiren und zu verehren: den könne er gebrauchen, sich das Essen damit schmackhaft zu machen.

Also ließen sie den Senf alsobald anrühren und rüsten in einem nagelneuen Hafen. Den trugen zwei Buben an einer Stange vor den Kaiser, vor welchem der Schultheiß die Rede that und sagte: „Vester Junker Senf, da verehren wir euch diesen Kaiser und bitten, ihr wollet ihn für gut und zu Dank annehmen.“ Als der Kaiser solche stattliche Rede hörte, lachte er und zog seinen Hut ab, sich zu bedanken. Aber der Schultheiß fiel ihm in die Rede und sagte: „Setzt auf, thut auf, Junker Kaiser, seid bedeckt." – „Setze du auch auf", sagte der Kaiser zum Schultheiß. – „Nun so wollen wir", antwortete der Schultheiß dem Kaiser, „zugleich miteinander aufsetzen." – Als aber die Buben den Hafen niederstellen wollten, weiß ich nicht, wie sie es machten: sie setzen ihn so hart nieder, daß er zu Stücken zerbrach und der Senf all auf der Erde lag. „Nun hab euch St. Veits Plage," sagte der Schultheiß ganz erzürnt, „ihr Buben, ihr Schlingel, ihr Diebe, ihr Mörder, ihr Ketzer, ihr Landsverräther! ist das nicht Schelmenwerk? könnt ihr nicht acht haben, ihr Bösewichter, ihr Schelme? Au weh, Junker Kaiser, wie ist es doch ein so guter Senf gewesen! er sollte Einem bis in das vierte Haus in die Nase gerochen haben: nun liegt er da im Dreck! Ach, versucht ihn nur, Junker Kaiser!"

Hiermit fuhr er mit der Hand in den Senf und wollt ihn dem Kaiser zu versuchen geben; aber der Kaiser wollte nicht kosten, sondern sprach: Er rieche genugsam, daß er sehr gut gewesen, bedaure derwegen den Schaden, wolle jedoch den geneigten Willen zu Dank annehmen. – „Das thut, Junker Kaiser," sprach der Schultheiß, „daran werdet ihr uns einen Gefallen thun."

## Dreiundzwanzigstes Kapitel

*Wie der Schultheiß mit dem Kaiser das Imbißmahl genommen und was sich allda für Reden verlaufen haben.*

Es hatte der Kaiser den Schultheißen und seine Unterthanen geladen, bei ihm die Mahlzeit zu nehmen, welcher sich denn um so viel demüthigte, daß er ihm zu Willen ward. Als sie nun zu Tisch saßen, Niemand bei dem Kaiser an seiner Tafel, als mein Herr der

Schultheiß, verliefen sich zwischen ihnen viel zierlicher Reden, von sehr hohen und wichtigen Sachen, welche hier zu erzählen viel zu lang wären, weßhalb ich sie denn vorüber gehen und nur etliche anführen will. Der Schultheiß sah des Kaisers Sohn, welcher an einem Tische saß, lang und scharf an. Das merkte er Kaiser und sprach zu ihm: „Was bedünkt dich von dem?“ – Der Schultheiß antwortete: „Junker Kaiser, ist es nicht euer Sohn?“ – „Ja“, antwortete der Kaiser. – „Fürwahr,“ sprach der Schultheiß, „ich hab es ihm an der Nasen angesehen. Aber nun sagt mir ein: hat er noch kein Weib?“ – „Nein,“ sagte der Kaiser, „er hat noch keine: weißt du etwa eine, die für ihn wäre?“ – „Ich wüßte wohl eine,“ spricht der Schultheiß, „aber es müßte in der Stille zugehen und ich nicht verrathen werden. Es ist ein feines, handfestes Mensch. Der Junker Kaiser sollte sie nur einmal sehen, wie sie alle Morgen im Dreck bis über die Knie steht und arbeitet: ich weiß, ihr würdet sagen, die gefalle euch auch und ich habe Recht daran; doch ich bitte, mich nicht zu vermelden.“

„Wir wäre denn die Sache zu machen,“ sagte der Kaiser, „wie meinst du, daß wir es angreifen sollten?“

„Es gilt zuvor eins, Junker Kaiser,“ sprach der Schultheiß, „darnach will ich es sagen: der Schultheiß trinkt der Schultheiß trinkt! Wenn ihr mir ein Paar Hosen geben wollt und meiner Frau bis über die Knie auch rothe Beine machen, wie die Störche haben, so will ich euch behülflich sein, daß er sie zu sehen, ja bald zu eigen kriegen soll.“ Das versprach ihm nun der Kaiser, darauf ward die Glocke vollends gegossen, die Sache abgeredet und beschlossen, jedoch mit Verheißung des Stillschweigens. – „Denn“, sagte der Schultheiß, „wenn es andere Burschen inne würden, so käme zur Stund noch Einer und stäche sie euerm Sohn ab.“

„Doch möchte ich wohl wissen,“ sprach mein Herr Schultheiß ferner, „was er für eine Hantierung könnte, damit ich ihren Eltern anzeigen könnte, was er treiben wolle: alsdann würde die Sache bessern Fortgang haben, Junker Kaiser.“ – „Nichts hat er gelernt“, sprach der Kaiser. „Was meinst du aber, daß er noch lernen könnte? Er ist noch jung und stark; wozu meinst du, daß er tauglich wäre? Oder was treibt der Jungfrau Vater? vielleicht könnte er dem helfen.“

„Es ist wohl wahr, Junker Kaiser,“ sprach der Schultheiß, „er hat noch einen jungen starken Rücken. Es ist aber zu besorgen, daß ihm nicht etwas ein faul Schelmenbein darin gewachsen sei, denn das pflegt gern zu geschehen, wenn sie also auf der Bärenhaut erzogen werden. Darum wird wohl sobald nichts daraus mit der Hochzeit, weil er nichts gelernt hat. Jedoch möchte man ihn zuvor ein halb Jahr zu der Jungfrauen Vater verdingen, damit man sehen möchte, wie er die faule Lende dahinter thun und sich anlassen wolle. Alsdann ist noch Zeit genug, daß man weiter handle, Junker Kaiser.“

„Wer ist aber“, sprach der Kaiser, „der Jungfrau Vater?“ – „Das will ich euch sagen“, sagte der Schultheiß, „wenn ich getrunken habe (der Schultheiß trinkt! der Schultheiß trinkt!); doch heimlich in ein Ohr, damit es Niemand höre.“ Als ihm nun der Kaiser ein Ohr geneiget, sagte er: „Es ist der Sauhirt allhier, welchem wir erst vorgestern zu diesem Amt, indem wir ihm Platz gemacht, verholfen, und von welchem wir hoffen, weil er ein feiner, bescheidener Mann, dazu fromm, er werde noch dermaleinst auch Schultheiß werden, wie denn ich auch aus einem Schweinhirten zu solchen Ehren bin erhoben worden. Deßgleichen ist seine Tochter gar ein redlich hurtig Mensch und wäre gar wohl für ihn, wenn er etwas lernen wollte, womit er sein Mus und Brod gewinnen und Weib und Kinder (denn sie hat ein starkes Leder: wird den Rücken tapfer dahinter thun) ernähren könne, Junker Kaiser.“ Der Kaiser dankte ihm des freundlichen Anerbietens, mit Vermeldung, er wollte solches ferner bedenken und wessen er gesinnt wär, ihn schriftlich wissen lassen, welches noch geschehen soll.

## Vierundzwanzigstes Kapitel

*Wie die Bauern den Kaiser zu Gast gebeten und ihm nun saure Buttermilch aufgesetzt und was sich dabei zugetragen habe.*

Als nun die Bauern mit dem Kaiser die Mahlzeit eingenommen und obgemeldete Reden sich verlaufen hatten, trat der Schultheiß vor den Kaiser, im Namen seiner selbst und der ganzen Gemeinde als seiner Unterthanen, und hub an, ohngefähr folgendermaßen zu reden: „Ehrsamer Junker Kaiser, wir haben euch das eurige abgefressen und abgesoffen: darum ist es billig, daß wir euch auch wiederum etwas nach unserm Vermögen erzeigen. Bitten derwegen euch, Junker Kaiser, uns nicht zu verschmähen, zu uns zu kommen und einen Abendtrunk mit uns zu thun: da müßt ihr unser Gast sein und wollen wir einander gut Geschirr machen; jedoch müßt ihr vorlieb nehmen, Junker Kaiser.“

Der Kaiser, welchem die guten Schwänke und Possen wohl gefielen, war willig um der Kurzweil willen; jedoch mit dem Bescheid, daß sie ihn mit dem Trinken nicht nöthigen möchten. – „Seid ohne Sorge, Junker Kaiser,“ sagte der Schultheiß, „wir wollen euch gnädig halten.“ Also ging der Kaiser, nachdem sie ihn herumgeführt und ihm ihre Misthaufen gezeigt hatten, auf das neugebackene Rathhaus, da dann frische Tische aufgelegt wurden.

Als man Wasser genommen und sich zu Tisch gesetzt hatte und man jetzt anfing aufzutragen, da ward fürs Erste aufgesetzt eine Schüssel voll Karpfen, mit dem Löffel zu einem Brei gerührt;

darnach ward aufgesetzt eine andere Platte voller Karpfen, auf eine andere Manier zugerichtet, nämlich mit der Brühe. Da dann der Schultheiß zum Kaiser sagte: „Er sollte nur tapfer in die Brühe tunken: wenn nicht genug da sei, müsse man mehr anrichten, denn sie hätten noch einen halben Kübel voll behalten."

Nach den Fischen, unter welchen auch etliche am Spieß gebraten gewesen, brachte man einen Brei; und als die an dem andern Tisch, wo des Kaisers Sohn mit etlichen jungen Cumpanen saß, noch nicht abgespeist hatten, schrie mein Herr, der Schultheiß, überlaut: „Na, ihr Knaben, eßt tapfer auf, was ihr habt, so wollen wir die Pappe oder den Brei auch nehmen. Aber vester Junker Kaiser, esset ihr fort, ihr dürft nicht auf sie harren. Denn:

Es stehet geschrieben,
Sechs oder sieben
Sollen nicht harren,
Auf einen Narren
Sondern essen
Und des Narren vergessen."

Letztlich ward aufgesetzt eine frische, kalte, saure, weiße Buttermilch. Nun hatten sie den Kaiser hinter den Tisch gesetzt, und der Schultheiß saß neben ihm und leistete ihm Gesellschaft. Die übrigen Bauern aber stunden um den Tisch herum. Sie hatten aber zweierlei Brod in die Milch gebrockt. Vor des Kaisers Ort hatten sie weiße Semmelwecken eingeworfen: vor der Bauern Ort lag schwarz Brod, Haberstroh hätt es ihnen auch gethan.

Indem sie also aßen, der Junker Kaiser das weiße, die Bauernknebel aber das Haberbrod, siehe, zum Unglück erwischte da Einer der Bengel von ohngefähr einen Brocken von dem weißen Brodte und schob ihn hinein. Solches hatte der Schultheiß wahrgenommen, schlug ihn deßwegen, als er wieder in die Schüssel fahren wollte, auf die Hände und sagte: „Sollst du des Junker Kaisers Brod essen?“ Der Flegel erschrak sehr, und weil er denselben Bissen noch ganz im Munde hatte, zog er ihn fein wieder heraus, legte ihn in die Schüssel und stieß ihn heimlich vor des Kaisers Ort. Solches hatte der Kaiser auch wahrgenommen, wischte derwegen seinen Löffel und schenkte den Bauern die noch übrige Milch, welche die Verehrung zu großem Dank annahmen, die Milch miteinander vollends ausaßen und des Junker Kaisers Freigebigkeit lobten.

## Fünfundzwanzigstes Kapitel

*Wie der Schultheiß der Schildbürger abdankte und die andern darnach sich Räthsel aufgaben, wie sie auch hernach den Kaiser ihre Bürgerlust sehen ließen.*

Nachdem die Mahlzeit vollbracht war, war es Zeit und geziemte sich, daß man abdankte und die Tafel aufhob. Deßhalb stunden die vornehmsten Schildbürger auf, warfen ihre Wölfe (also nannte Eulenspiegel die groben Bauernröcke) um sich und traten ab. Der Schultheiß, welcher die Rede thun sollte, trat auch ab und ging von den andern beiseite; vielleicht sich zu bedenken, wie er abdanken sollte, oder etwas Andres zu thun. „Gehet ihr nur fort“, sprach er, „hinein und wartet mein, ich will von Stund an bei euch sein, trink Jeder indeß ein Gläschen mit Wein.“

Als sie nun in aller Ehrbarität zusammen hineintraten, klopfte der Pfaff mit einem Teller zum Abdanken. Und als man Silentium gehalten hatte, so lange als Einer an einer teigigen Birne aussaugen möchte, war mein Herr Schultheiß noch nicht da: die andern sahen sich Alle nach ihm um und sprachen zu einander: „Wie kommt er so hübsch?“ Zuletzt kam er daher geraschelt, dankte ab und sprach: „Also ihr lieben Nachbarn und Freunde, die ihr hier erschienen seid, wir sagen euch Dank für euer Erscheinen und bitten vorlieb zu nehmen: der Spieß und der Hafen konntens nicht besser geben noch der Koch besser zurichten. Was ihr gegessen und getrunken habt, das gesegne euch der liebe Gott, er wolls euch gesegnen, er hats euch gesegnet, er gesegnets euch noch, er wirds euch gesegnen, er solls euch gesegnen, er muß es euch gesegnen. Es giebt Jeder für sich selbst, einer im andern und mit einander und durcheinander und neben einander, auch vor und nach einander, und über und unter, auch hinter und vor einander drei Batzen: so viel habt ihr verschlucket. Aber ihr, Junker Kaiser, seid unser Gast gewesen, ihr sollt nichts geben."

Darauf, als sich die Schildbürger wieder niedergesetzt hatten und anfingen trunken zu werden, huben sie an, sich einander Räthselchen aufzugeben. Der Schultheiß, welcher neben dem Kaiser saß, raunte ihm ins Ohr, er wisse Alles, was sie vorbringen würden, und hab es schon gewußt, eh er auf Spänlein hofiren können: er wolle es ihm derwegen allzeit sagen, jedoch heimlich damit die Sachen nicht gar zu gemein und dadurch verachtet würden.

Da fingen sie an zu räthseln, also, daß sie zu einander sagten: Nun rathe mir Einer dies, nun rathe mir Einer das. Und der Schultheiß raunte dem Kaiser allzeit ins Ohr, was es bedeute, dazu sprechend: „Aber sagts Niemand." – Nun sprach immer der Nächste, der trinken sollte: denn sie hielten die Ordnung, daß derjenige, an welchem der Trunk war, auch das Räthsel aufgeben mußte. Und Einer sagte:

„Von außen Haar
Von innen Haar,
Ein Zapf von Haar darein:
Rath, was mag das wohl sein?"

„Vester Junker Kaiser,“ sprach der Schultheiß dem Kaiser ins Ohr, „es ist ein Instrument, mit welchem die Bauernbengel die Köpfe bedecken.“

Auf diesen sprach ein anderer Schildbürger:

„Ich saß auf dem Blöchlein,
Und sah mir selbst – –
Ach Löchlein, wie bist du so ungeheuer
Wie sind um dich die Stich so theuer!“

„Vester Junker Kaiser“, sagte der Schultheiß zum Kaiser, – – Was er aber gesagt habe, daß dieses Räthsel bedeute, hab ich im Exemplar, das von Würmern zerfressen gewesen, nicht lesen können.

Ein anderer Schildbürger sagte, da die Ordnung zu reimen an ihn kam:

„Ich ging durch ein Gäßlein,
Begegnet mir ein schwarz Pfäfflein:
Eh ich konnte sagen: Och!
War er mir schon im –“

„Vester Junker Kaiser,“ sprach der Schultheiß zum Kaiser, „laßt es euch nicht irren, sondern gedenket an einen Dorn, der einem in den Fuß geht.“

Noch Einer kam herfür, welcher nicht der Geringste sein wollte, und sprach: „Nun will ich auch eins sagen und Allen aufgegeben haben. Merket auf dahinten!

– aufs –
Zapf ins –
Tasch vor den –
Rath, was ist das?“

Auf das Räthsel des Herrn Schultheißen konnte Niemand Antwort geben und daß es eine Sackpfeife wäre, errathen: man gab ihm also gewonnen und hob den Tisch auf.

Nach aufgehobener Tafel fragten sie den Kaiser: ob er nicht flötzeln wolle und darnach ihre Bürgerlust sehen. Der Kaiser sagte: „Des Flötzelns bedürfe er nicht, aber ihre Bürgerlust wollte er gerne sehen." Darauf gingen sie hin, schlossen alle ihre Zäune zu und hielten ihre Bürgerlust und Kurzweile.

Indessen kam ein Durchreisender vor Schilde und als er nicht hineinkommen konnte, fragte er einen über den Zaun: warum dies geschehe? „Die Bürger", sagte der gefragte Schildbürger, „halten ihre Bürgerlust." „Und was ist das?" fragte der Fremde. „Sie haben", sagte der Schildbürger, „einem Hund eine Blase mit Erbsen angehenkt und lassen denselben, dem Kaiser zu Ehren, im Flecken (wer Dorf sagte, ward gestraft) herumlaufen." Dies war die Bürgerlust: thu es ihnen nach, wenn du nie deßgleichen gethan hast.

## Sechsundzwanzigstes Kapitel

*Wie der Kaiser begehrte, die Bauern sollten ein Urtheil über einen todten Wolf fällen und wie das ausfiel.*

Der Kaiser verwunderte sich über ihre närrischen Possen, und wußte nicht, wie ers verstehen und auslegen sollte, weil sie zuvor wegen Weisheit und großen Verstandes so berühmt gewesen, jetzt aber so grobe, thörichte Zoten und possirliche Possen rissen. Um nun recht zu erfahren, ob es ihnen auch Ernst damit sei, oder ob sie es nur aus angenommener Thorheit thäten, gab er ihnen eine Frage auf, worüber sie Gericht halten und ihm ihren Rathsabschied mittheilen sollten. Die Frage war aber diese: Als er einst an ihrem Dorfe vorbei durch den Wald gereist sei, habe er einen todten Wolf ausgestreckt liegen gefunden: nun möchten sie ihm sagen, was doch wohl die Ursache seines Todes gewesen sei?

Als hierüber das Gericht besetzt war, und der Kaiser durch seine nach dem Recht erlaubten Fürsprecher die Frage hatte vorbringen lassen, fielen darüber vielerlei Meinungen, deren jede ihren Anhang hatte. Die erste lautete: der Wolf wäre in der großen Kälte und dem tiefen Schnee barfuß gegangen, deßwegen sei ihm die Kälte aufs Herz geschlagen und habe ihn so hart angegriffen, daß er davon sterben müssen. Die andre Meinung vermeinte: Vorausgesetzt, daß der Wolf mehr zu Fuß gegangen als geritten sei, so möge er vielleicht gejagt worden, und als er keinen Athem mehr gehabt habe, erstickt sein. Das dritte Gutachten war dies: der grausam große Schmerz, und das Weh, die er gehabt haben müsse, möchten ihn ums Leben gebracht haben, denn ihm sei wohl alle Tage noch nicht so weh gewesen, als eben in der Stunde seines Todes. In des Schultheißen Kopf steckte das vierte Urtheil, welches, als es hervorkam, zu Deutsch also lautete: „Wir sind, liebe Nachbarn, an unserm Vieh wohl inne geworden, woran der Wolf gestorben sei, denn wir haben dessen wohl genug verloren, welches er Alles gefressen hat. Nun ist wohl zu erachten (angesehen, daß er keine Haushaltung nicht Niemand hatte, der seiner wartete, sich auch keine Köchin halten durfte, wie sich unser Pfaff eine hält), er habe mehr rohes Fleisch gegessen, denn gesottenes und gebratenes. So sind die alten Kühe, die er jezuweilen Hungers halber fressen mußte, seinem undäuigen Magen auch nicht allezeit zuträglich gewesen, zumal in der vergangenen großen Kälte. Zudem hat er Alles verzehren müssen, was er nur erlangen mochte, auch das von selbst ablebig gewordene Vieh; denn meinem Gevatter starb kürzlich eine alte Kuh an einer Krankheit: die hat er auch in dieser Kälte also roh verschluckt (er hätte sie doch zum Wenigsten in eine Pastete mögen backen lassen) und kalt Wasser darauf gesoffen: natürlich habe ihm das den Magen erkältet, wie er denn erst neulich einen hartgefrornen Wolfsdreck gefunden, genugsame Anzeige eines ganz erkälteten Magens. Bei solcher Unverdaulichkeit habe sich ihm viel Schleims und Unraths an den Magen gesetzt, woraus ihm große Grimmen und Schmerzen entstanden. Sollte es denn ein Wunder sein, wenn er endlich daran gestorben ist? Unser Einer müßte ja davon erwürgen."

Auf diese Rede ward eine Umfrage gethan und einhelliglich beschlossen, Schultheiß hätte die beste Ursache angezeigt; welches denn noch zum Überfluß an des todten Wolfes Zähnen zu ersehen wäre, weil sie also weiß seien, die doch sonst von heißer Speise schwarz zu werden pflegten. Und diese ihre Rathserkenntniß ließ der Schultheiß an den Kaiser gelangen, welcher sprach, sie hätten recht und wohl hierin geurtheilt, und wäre davon nicht zu appeliren.

## Siebenundzwanzigstes Kapitel

*Wie die Schildbürger eine Bitte an den Kaiser thaten und derselben gewährt wurden.*

Dieweil aber der Kaiser schon länger bei ihnen verblieben, als er sonst Willens gewesen und derwegen nun die Zeit kam, daß er wieder von ihnen scheiden und des Reichs Geschäfte verrichten sollte, fügte er ihnen Solches zu wissen, mit Anweisung, falls sie irgend Beschwerden hätten, ihm solche anzuzeigen, so wolle er so dazu thun, daß sie einen gnädigen Herrn an ihm hätten. Darüber freuten sich die Schildbürger nicht wenig und ließen ihm deßwegen durch ihren Schultheiß im Namen und von wegen der hochachtbaren Gemeinde ihr Begehren folgendermaßen vortragen:

In Anbetracht, daß sie vor einiger Zeit von fremdausländischen Fürsten und Herren viel und oftmals beschickt und von Haus abgefordert worden, hierüber aber an dem Ihrigen Versäumniß und großen Schaden erlitten hätten, indem ihnen (wie jener Schmied sagte) unterdessen kein Speck in ihrer Küche gewachsen: so habe sie obvermeldete Ursache veranlaßt und gezwungen (großem Ungemach zuvorzukommen und hochschädlichen Abgang ihrer Güter zu vermeiden), solche närrische Weise an sich zu nehmen, um zu versuchen, ob man sie so mit dem Abfordern verschonen und bei Haus und Hof lassen möchte. Und weil sie nun verspürten und befänden, daß ihnen Solches bisher ersprießlich und nützlich gewesen, so gedächten sie also fortzufahren, müßten aber, weil die Welt boshaftig sei, besorgen, daß sie an solchem ihrem Vorhaben möchten aufgehalten, verhindert, verlacht und ausgeätscht werden, wie denn heutigen Tages kein Narr sicher sei, daß ihn nicht jeder Narr für einen Narren halten wolle. Also gelange ihr Bitten und Begehren an den Junker Kaiser, solches ihr Vorhaben nicht nur zu genehmigen, sondern sie auch darüber zu befreien, daß sie von Jedermänniglich daran ungehindert, unbekümmert und ungevexiret sein sollten u.s.w.

Als der Kaiser solche ihre Bitte angehört und sie für ganz ziemlich erachtet, ertheilte er ihnen dessen gnädiglich Erlaubniß, versicherte sie auch noch darüber mit dazu gehörigen Sigillen und Briefen, deren Auszug hiernach folget.

## Achtundzwanzigstes Kapitel

*Auszug des Freiheitsbriefes, welchen die Schildbürger bei dem Kaiser ausgebracht haben.*

Wir u.s.w. Kaiser u.s.w. fügen hiemit zu wissen und thun kund männiglich, daß vor uns in aller Unterthänigkeit erschienen sind unsre Lieben und Getreuen, Schultheiß und ganze Gemeinde zu Schilda in Misnopotamien, und uns bittweise vorgetragen:

Demnach sie Raths worden, um Besserung ihres Gemeinwohls willen ein neues Leben fürohin anzufangen; inmaßen sie uns dessen berichtet und verständigt, ihnen aber zu solch ihrem Fürhaben unsre kaiserliche Gnaden und Privilegia hochnothwendig seien: also wollten sie uns auf das Dringendlichste darum angesucht haben, mit Bitte, ihnen ihr Vorhaben zu bestätigen und genugsamlich zu verwahren. Solche ihre Bitte haben wir für ziemlich geachtet und demnach wir Jedermänniglich zu dienen, Schaden zu wenden, Nutzen zu fördern bereit sein sollen: so setzen wir und wollen, daß obvermeldete Schildbürger, unsre lieben, getreuen und kurzweiligen Unterthanen, in solchem ihrem Vorhaben und neuen Weise zu leben, fürohin also fortfahren und daran von Niemand gehindert werden sollen, weder mit Worten noch mit Werken, ohne Gefährde, in keinerlei Weise noch Wege: Bei Vermeidung unserer und des Reichs Ungnade und hienach vermeldeter Strafe für denjenigen, welcher dem gefährlicherweise zuwider handeln würde. Auch haben wir ihnen zum Überfluß angesehen alle ihre kurzweiligen Dienste und Gefallen, so sie uns in unserem Beiwesen erzeigt und geleistet, diese Gnade und Freiheit ausgefertigt, wollen sie auch von Jedermänniglich gehalten wissen, daß sie nämlich um das, was sie je anfangen und treiben werden, oder auch schon getrieben haben, von Keinem, wer er auch wäre, hohes oder niederes Standes, sollen angetastet, verachtet, verlacht, ausgepfiffen, ausgezischt, ausgeätscht oder vexirt werden, weder hinterwärts noch vorwärts, weder mit Worten noch mit Werken, in keinerlei Weise noch Wege, bei Vermeidung abermals unserer und des Reiches Ungnade und unnachlässiger Pön und Straf, hienach vermeldet. Wir wollen auch endlich, und setzen, daß unsere Lieben und Getreuen, der Schultheiß und ganze Gemein zu Schilde, ihrem Begehren nach, inner- und außerhalb des utopischen Reichs unseres kurzweiligen Rathes sein und bleiben sollen, zu ewigen Zeiten, in allen Orten und in was Form, Weis und Weg ihnen gelegen und gefällig sein mag, von Jedermänniglich daran ungehindert und unangefochten, bei Pön und Straf einer Narrenkappe, daran eine, zwo, drei oder mehr Schellen gehangen, je nach Größe der Zuwiderhandlung und Schuld, welche dem Übertreter, so oft er dabei ergriffen wird, aufgesetzt und nicht eher wieder abgenommen werden soll, bis er sich mit dem Beleidigten vertragen und noch zum Überfluß zwei Gulden bei seinem Wirth zur Strafe verzehrt habe. Solches ist unser Wille und endliche Meinung, welcher zur Urkunde wir ihnen dieser unserer kaiserlichen Bulle Auszug vergönnt und erlaubt haben. So geschehen im Jahre u.s.w.

## Neunundzwanzigstes Kapitel

*Wie die Schildbürger, als sie des Kaisers Letze verzehrten, ihre Füße verwechselten und nicht mehr kannten, jedoch zuletzt Jeder die seinen wieder fand.*

Also zog der Kaiser, nachdem er seiner Kurzweil genug gehabt, hinweg, da denn die Schildbürger ihm mit ihrer Ritterschaft, davon zuvor gemeldet, das Geleit gaben, für welches der Kaiser ihnen eine gute Verzehrung geben und danken ließ. Dieselbe wurden die Schildischen einig, ehe sie wieder heimkehrten, auf einem Dorfe zu verzehren. Also sprengten sie mit ihren Steckenpferden in das nächste Dorf und zechten redlich. Und als sie satt und trunken waren und dennoch etwas zum Besten vorhanden war, welches auch mußte verzecht sein, kam sie ein Gelüst an, wie andere Junger auf eine grüne lustige Au hinaus zu spazieren, sich daselbst zu erlustigen, das Essen zu verdauen und auf eine andere Mahlzeit zu schicken. Also gingen sie hinaus, sämmtlich mit einander und Jeder für sich selbst insbesondere, vergaßen jedoch nicht eine gute Flasche mit Wein und etliche Scheiben Brodtes mit sich zu nehmen, damit in solcher Hitze ihnen der Magen nicht platze und der Wein hernach all wieder auslaufe; lagerten sich dann in das grüne Gras, zechten zu Abend und hatten einen guten Bürgermuth, ob sie gleich nur Bauern waren. – Indem sie aber Alle einer Farbe Hosen anhatten und im Zechen die Beine durcheinander warfen, wie denn zu geschehen pflegt, und es hierauf dazu kam, daß sie heimgehen sollten, schau, da konnte Keiner seine Füße oder Beine mehr kennen, weil sie alle gleich gefärbt waren, und saßen da und guckten Einer den Andern an, und fürchtete Jeder, der Andere nehme ihm seine Füße oder er dem Anden ein Bein: waren derowegen in großer Angst. Da sie nun einander also angafften und nicht wußten, wie sie thun sollten, siehe, da ritt Einer von ohngefähr vorüber auf einem Pferd (sonst möchte man meinen, es wäre ein Esel gewesen): den riefen sie herzu und klagten ihm ihren Jammer, mit Bitte, könne er etwas, wodurch Jeder von ihnen seine Füße wieder bekomme, das solle er brauchen und nicht sparen: so wollten sie es ihm neben großer Danksagung wohl bezahlen. Er sprach: Das könne er wohl, steigt ab und nachdem er einen starken guten Prügel gehauen, tritt er unter die Bauern und fängt an, dem Besten auf die Beine zu schlagen, und welchen er traf, der sprang geschwind auf und hatte seine Beine wieder, denn der Gesell hatte sie ihm herausgefunden.

Einer unter ihnen blieb sitzen und sprach: „Lieber Herr, soll ich meine Beine nicht wieder haben? wollt Ihr das Geld nicht an mir auch verdienen? oder sind diese mein?“ – Jener aber sprach: „Harre, laß sehen!“ gab ihm hiemit auch eins, daß es flammte. Also sprang dieser letzte auch auf und hatten alle die Bauern jeder seine Füße wieder bekommen, waren froh, schenkten dem Manne ein Trinkgeld, zogen heim und gedachten sich ein ander Mal zu hüten.

## Dreißigstes Kapitel

*Wie zwei Schildbürger miteinander die Häuser vertauschten.*

Die Schildbürger waren gut daran mit ihrer Narrheit und trieben dieselbe so viel, daß sie es in Gewohnheit brachten. Wie sie nun zuerst aus reifem und wohlbedachtem Rath die Thorheit angefangen hatten, also schlug sie hernach in ihre Natur und Art, also daß sie fürderhin nicht mehr aus Weisheit Narrethei trieben, sondern aus rechter, erblicher, angeborener Thorheit. Und wer den Spruch Consuetudo est altera natura nicht glauben wollte, der würde von diesen Bauern überzeugt werden, denn sie konnten nichts mehr thun, es war Alles närrisch, eitel Narrethei und Thorheit, was sie gedachten, geschweige erst, was sie anfingen.

So waren zwei unter ihnen, die einmal gehört hatten, daß Leute zu Zeiten mit Tauschen viel gewonnen hätten. Das bewog sie, ihr Heil auch an einander zu versuchen und wurden also eins, ihre Häuser mit einander zu tauschen. Solches geschah aber beim Wein, als sie des Kaisers Letze verzechten. Wie denn solche Sachen gern zu geschehen pflegen, wenn der Wein eingeschlichen und der Witz ausgewichen ist. – Als nun Jeder sein Haus einräumen sollte, nahm der Eine, der zu oberst im Dorf wohnte, sein Haus (denn damals hatten die Bauern noch nicht so große Paläste als sie jetzt haben) und führte dasselbe stückweis in das Dorf hinab: der andere aber, welcher zu unterst im Dorf wohnte, das seine dagegen hinauf, und hatten also einander den Tausch gehalten und geliefert. Wer lacht nun? Ei, Lieber, so lache doch! Oder ist es nicht lachenswerth, so salzt es mit dem Nachfolgenden, so wird es schmackhaft werden.

Man muß ja Eins mit dem Andern verkaufen, und also Böses mit Gutem vertreiben.

## Einunddreißigstes Kapitel

*Wie der Schultheiß seinem Sohn Hochzeit machte und was sich mit Bräutigam und Braut zugetragen hat.*

Nun hatte der Schultheiß einen erwachsenen Sohn, dem er ein Weib geben wollte. Deßhalben sagte er zu ihm: er sollte zu Abend auf die Rocken- oder Spinnstube gehen, ob etwa ein schönes Mädchen da wäre, das ihm gefiele. „Ja," sagte der Sohn, „was soll ich aber sagen?" – „Fragst du?" sagte die Mutter. „Es giebt ein Wort das andere." – Also zog der gute Junge des Abends auf die Spinnstube, wo viele hübsche Mädchen vorhanden waren, gestellte sich wie ein rechter Narr und redete nichts denselben ganzen Abend, was man ihn auch fragte als: „Es giebt ein Wort das andere."

Deßhalb ward seiner genug gelacht, von Allen, die zugegen waren. Sie gedachten: was ist das für ein Schlampe? welche möchte ihn nehmen? Allein des Schweinehirten Tochter, welche der Schultheiß kurz vorher des Kaisers Sohne verschaffen wollte, hatte ein Auge auf ihn geworfen, wie denn auch er auf sie. Deßhalb, als sie zu Nacht heimgingen und er ihr versprach, sie zu ehelichen und zur Kirche zu führen, wenn sie drei Tage davon schweigen könnte, ließ sie sich unter dieser Bedingung leichtlich bereden, daß sie ihn mit sich heimnahm.

Des Morgens früh vor Tag sollte sie aufstehen, die Kühe zu melken; weil ihr aber solch Glück zu Händen gestoßen, stand sie, damit sie es nicht irgend verschütte, heimlich auf, in der Meinung, der gute Gesell schliefe, und befahl das Melken der Mutter, denn des Schultheißen Sohn wolle sie ehelichen. Das hörte der Alles, that aber nicht dergleichen.

Am andern Tag ging er hin und nahm eine andere, die etwas hochgeschorener war als die Schweinehirtin, welche ihm zu schlecht. Da war nun anders nichts vorhanden, als daß man auf die

Hochzeit zurichtete. Deßhalb, da der Schultheiß eine liebe Geiß hatte, welche er von Jugend auf gezogen und wohl zehn Jahre gehabt hatte, wollte er dieselbe auf die Hochzeit metzgen, damit sie nicht etwa gar zu alt würde. Als er sie aber auf den Schragen gelegt und ihr den Hals zurecht gedreht hatte, ging es ihm so tief zu Herzen, daß er seine Frau rief und sagte: „Ach, siehe da, wie mich die arme Geiß so gläubig ansieht, ich mag sie nicht tödten!“ – Die Frau Schultheißin sagte auch: „Ach, tödte sie nicht: sie erbarmt mich so übel, als ob sie mein leiblich eigen Kind wäre.“ Also blieb sie am Leben und lugte man sonst um Zeug zur Hochzeit um.

Da nun der Kirchgang geschehen sollte und man in aller Ehrbarität, wie bräuchlich Paar und Paar, daher zog, die Braut mit den Weibern vor und die Männer hernach mit dem Bräutigam: siehe, da kam des Schweinehirten Tochter, bei der er schon eine Nacht gewesen, zu ihm heran, griff ihn mit herben scharfen Worten an, schalt ihn wie ein todtes Roß und begehrte, er sollt ihr halten, was er verheißen. Er aber fertigte sie ab, so gut er konnte und sagte: sie hätte ihm auch nicht gehalten, was sie ihm des dreitägigen Stillschweigens wegen zugesagt. Also ward zuletzt die gute Tochter nach langem Getümmel abgewiesen und ging der Kirchgang weiter fort. Es hatte aber die Braut, die vorn ging, das Hadern wohl gehört, durfte sich jedoch, weil sie wie eine Geiß am Strick prangen mußte, nicht umschauen, was es wäre.

Es hatte aber der Hochzeiterin Mutter ihre Tochter fein unterrichtet, wie sie sich am Tisch verhalten sollte und ihr unter andern auch diese Lehre gegeben: sie sollte fein züchtig sein, nur mit halbem Munde reden, die Speisen mit zweien Fingern angreifen, die Finger nicht beschlecken, und wenn sie gegessen, sollte sie die Beine fein auf den Tisch neben den Teller legen: die Tochter versprach, solches Alles zu thun. Als man daher zu Tische saß, stellte sie sich so gut sie konnte und that züchtig, wie ihr die Mutter befohlen; wenn sie aber etwas reden wollte, so verhielt sie den Mund auf der einen Seite mit der Hand bis zur Hälfte und redete, nach ihrer Mutter Lehre, nur mit halbem Mund.

Das ging nun wohl hin; als man aber das Essen aufsetzte, ward unter andern Trachten eine Schüssel voll ausgekirnter Erbsen aufgetragen. Da gedachte die Braut abermals an ihrer Mutter Lehre, daß sie nur mit zweien Fingern essen sollte und fing an, die Erbsen mit beiden Fingern, so man die Schleckfinger an der linken und rechten Hand nennet, herauszuklauben und eine nach der andern zu essen. Und als sie sich die Finger schmutzig gemacht hatte, aber nach der Mutter Lehre nicht schlecken durfte, streckte sie beide Hände in die Höhe und schrie zur Mutter: „Mutter, wer beschleckt mir jetzt die Finger?" – „Schweige, du Sack," sagte die Mutter, „wische sie am Tischtuch!" Das hieß wohl mit beiden Fingern gegessen! Komm Einer her, der es anders sage, er muß es erlogen haben, denn ich lüge nicht. Das geht nun auch hin; aber das Folgende ziert erst die Braut recht.

Sie gedachte nämlich abermals an ihrer Mutter Lehre und hieß deßwegen den Tisch etwas zurückschieben, und als das geschehen war, zieht sie fein allgemach und säuberlich ihre Beine (nicht die vom Gebratenen übrig geblieben waren, sondern die zwo Säulen, worauf ihr ganzer Leib gebaut und befestigt war) auf den Tisch und legte sie neben ihren Teller, auf jeder Seite eins, denn anders wollte sichs nicht schicken. Was meint ihr, ob sie nicht geprangt habe, da man ihr, ich weiß nicht was, gesehen hat? Dabei sage ich nicht, daß sie aus Unbequemlichkeit des Sitzes und weil sie sich voll gefressen hatte, einen solchen Wind über den Tisch machte, daß davon die Lichter ausgingen, etlichen die Hüte von den Köpfen flogen. Allen aber die Nasen so voll wurden, als ob sie Bisam gerochen.

Nach vollbrachter Mahlzeit trat der nächste nach dem Schultheißen hervor, den Gästen abzudanken, und nach gethaner Reverenz sprach er: „Ehrenfeste, ehrsame und weise Frauen und Töchter, deßgleichen auch züchtige und tugendreiche Männer und Gesellen, was ihr gegessen und getrunken habt, das gesegne euch Gott. Der Braut Vater, Braut Mutter, Braut Tochter, Braut Schwester, Braut Schwieger, Braut ganze Ehrn-Freundschaft lassen euch alle freundlichst danken u.s.w." Das Übrige hat er recht gemacht.

Nachgehends wurden die zwei neuen Eheleute zusammen gelegt (sie hätten wohl selber können zusammen steigen) und der Benzenauer vor der Thüre gesungen. Als sie nun in Freuden miteinander, fragte die Braut ihren Bräutigam, was doch des Sauhirten Tochter beim Kirchgang von ihm gewollt hätte? Aber er wollt es ihr lange nicht sagen, bis er es ihr zuletzt doch sagen mußte. „Und hat sie es nicht können drei Tage verschweigen?" sagte die Braut. „Nein", sagte der Bräutigam. „O welche Närrin, die nicht drei Tage schweigen konnte! Ich bin wohl zwei Jahre bei meines Vaters Knechten gelegen, und hab es nie keinem Menschen als jetzund dir gesagt." Also hatte dieser Bräutigam wohl gewonnen und etwa ein Roß um eine Pfeife gegeben; mußte es aber verdrucken und verschlucken, wiewohl wider seines Herzens Willen.

## Zweiunddreißigstes Kapitel

*Wie die Schildbürger das Gras auf einer alten Mauer durch ihr Vieh wollten abweiden lassen.*

Die Schildbürger waren ernsthaft in ihrem Thun, sonderlich in Betrachtung des gemeinen Nutzens, damit derselbe allenthalb aufginge und zunähme und nirgend Schaden litte. Auf eine Zeit gingen sie hinaus, eine alte Mauer zu besehen, welche von einem alten Gebäu übrig geblieben war, ob sie vielleicht die Steine davon nützlich anwenden könnten. Nun war auf der Mauer schon lange Gras gewachsen, das bedauerten die Bauern, daß es sollte verloren werden und Niemand zu Nutz kommen, und hielten deßwegen Rath, wie man es sollte gebrauchen. Davon fielen nun vielerlei Meinungen: die einen vermeinten, man sollte es abmähen; aber Niemand wollte sich das unterstehen und sich auf die Mauer wagen. Andere vermeinten, wenn Schützen unter ihnen wären, so wär es am Besten, daß man es mit einem Pfeil abschösse. Endlich wischte der Schultheiß hervor und rieth, man sollte das Vieh darauf gehen lassen: das würde es abessen, so dürfte man es weder abmähen noch abschießen.

Solchem Rath, als dem besten, fiel die ganze Gemeinde zu, und zur Dankbarkeit ward ferner erkannt, des Schultheißen Kuh sollte die erste des guten Raths genießen, welches der Schultheiß gerne gestattete. Also machten sie der Kuh ein starkes Seil um den Hals, warfen es über die Mauer und fingen an, auf der andern Seite zu ziehen. Als aber der Strick zuging, fing die Kuh an zu erwürgen, und wie sie schier hinauf kam, streckte sie die Zunge heraus. Das sah ein großer Schildbürger und schrie: „Zieht, zieht! Leib und Seele hängt an einander." – „Zieht noch einmal, zieht!" sprach der Schultheiß; „sie hat das Gras schon geschmeckt und die Zunge darnach ausgestreckt. Zieht, zieht, sie ist bald droben. Sie ist so tölpisch und ungeschickt, daß sie sich selber nicht helfen kann, es sollte sie eurer Einer vollends hinaufstoßen."

Aber vergebens wars, die Schildbürger konnte die Kuh nicht hinaufbringen, und ließen sie hinab: da war sie todt. Deß waren sie froh, nur daß sie etwas zu schinden und zu metzgen hatten.

## Dreiunddreißigstes Kapitel

*Von einer Schildbürgerin, welche mit Eiern zu Markte ging und eine wunderliche Rechnung machte und wie es ihr ergangen.*

Es ist ein altes, gemeines Sprichwort, welches sagt:

Das Hoffen und das lange Harren,
Das macht der Leute viel zu Narren.
Wer ohne Wirth die Zeche macht,
Betrügt sich selbst und wird verlacht;
Zählt der zu wenig, der zu viel,
Ist doppelt der Verlust im Spiel.
Doch kommt ihm Eins dabei zu Gut:
Ein froher Wahn giebt frohen Muth.

Also ging es dieser Frau auch. Denn da sie eine einzige Henne hatte, die ihr alle Tage ein Ei legte, sammelte sie derselben so viel, bis sie meinte, für drei Groschen zu haben, nahm sie dann in ein Körblein und zog damit zu Markte. Unterwegs, da sie keine Gefährten hatte, fielen ihr allerlei Gedanken ein; unter andern gedachte sie auch an ihren Kram, den sie zu Markte trug, redete lange über den ganzen Weg mit sich selbst und machte sich folgende Rechnung: siehe, sprach sie bei sich selbst, du lösest auf dem Markte drei Groschen. Was willst du damit thun? du willst zwo Leghennen dafür kaufen. Diese zwo, sammt der einen, die du schon hast, legen dir in so und so viel Tagen so viel Eier, wenn du die verkaufst, willst du noch drei Hennen kaufen; das Übrige ist schon Gewinn. Nun hast du sechs Hennen: die legen dir in einem Monat so viel Eier: die willst du verkaufen (kannst dennoch wohl zuweilen ein halbes essen) und das Geld zusammen legen. Also kannst du Nutz haben von den Hennen: die alten, so nicht mehr legen, verkaufst du, das ist ein; die jungen legen die Eier: das ist das andere; sie brüten dir Junge aus, die du zum Theil ziehen und den Haufen mehren, zum Theil verkaufen und Geld daraus machen kannst: das ist das dritte; auch kannst du sie rupfen wie die Gänse, das ist das vierte. Aus dem zusammengelegten Geld willst du darnach etliche Gänse kaufen: die tragen dir auch Nutzen, mit Eiern, mit Jungen, mit Federn. Also hast du Nutzen von Hennen und Gänsen und kommst in acht Tagen so und so weit. Nach Solchem willst du eine Geiß kaufen, die giebt dir Milch und junge Zicklein. Also hast du junge und alte Hühner, junge und alte Gänse, Eier, Federn, Milch, Zicklein und Wolle; denn du willst versuchen, ob sich die Geiß vielleicht scheren lasse. Nach Solchem willst du eine Schweinemutter kaufen, so hast du Nutzen von dem vorigen Nutzen, mit jungen Ferkeln, Speck, Würsten und anderem. Nach Solchem willst du eine Kuh kaufen, die giebt Milch, Kälber und Düngung. Was willst du mit dem Dünger thun, so du keinen Acker hast? Du willst einen Acker kaufen: der giebt dir Korn, daß du keins mehr zu kaufen brauchst. Darnach willst du Pferde kaufen und Knechte dingen, die dir dein Vieh versehen und den Acker bauen. Darnach willst du Schafe kaufen. Darnach willst du dein Haus größer machen, damit du auch wohl Miethsleute haben kannst. Darnach willst du mehr Güter kaufen. Also kann dirs nicht fehlen, denn du hast Nutzen von jungen und alten Hühnern und Hähnen, von jungen und alten Gänsen, von Eiern, Geißmilch, Wolle, Zicklein, Hämmlein, Ferkeln, Kühen (denen du auch wohl die Hörner absägen und den Messerschmieden verkaufen willst), von Kälbern, von Äckern, von Wiesen, von Hauszins und anderem. Darnach willst du einen jungen Mann nehmen, mit dem willst du in Freuden leben und eine gnädige Frau sein. O wie willst du dirs lassen so wohl sein und Keinem kein gut Wort geben. Juho, juhevaho, hoppsas! drei Finger im Salzfaß ist der Bauern Wappen: das will ich alsdann nicht mehr führen.

Mit solchen Gedanken verstieg sich die gute Frau so hoch, daß sie gleichsam ganz unempfindlich wurde und ihr nicht anders war als einem Trunkenen. Darum als sie „Ju Hoppsas!“ schrie, wollte sie auch einen Arm dazu aufwerfen und einen Sprung thun. Ich weiß aber bei Sanct Grix nicht, wie sie es machte. Als sie den Arm aufschwang und dazu jauchzte, stieß sie mit solchem den Korb mit den Eiern vom Kopfe, daß er sich ganz ungestüm hernieder begab und die Eier alle zerbrachen. Hiemit lag all ihre gnädige Frauenschaft im Dreck. Wer Lust dazu hat, mags auflesen und grade so ein gnädiger Herr werden wie sie eine gnädige Frau geworden ist.

## Vierunddreißigstes Kapitel

*Wie die zu Schilde eine lange Wurst machten und sie nicht kochen konnten.*

Die Schildbürger hatten auf eine Zeit eine gute schweinene Sau, die wollten sie behalten und mästen. Als aber dieselbe in einer Scheuer über den Hafer kam, fraß sie aus Trieb des Hungers etwas zu viel: darum sie denn verklagt und von der ganzen Gemeinde als ein Dieb vom Leben zum Tod verurtheilt ward. Als nun Zeter geschrien und der Stab über sie gebrochen ward, wurde sie alsbald mit dem Messer, und das von Rechtswegen, vom Leben zum Tode gebracht und fiel all ihr Hab und Gut, Haut und Haar den Richtern anheim zum Verfressen. Denn dieweil sie mit Fressen das Leben verwirkt, so schien auch billig, daß sie mit gleicher Strafe gestraft und auch sollte gefressen werden. Nun wollten die Bauern Alles nützlich verwenden, und damit nichts verloren ginge, auch Würste machen, nahmen also das Gedärm so ganz, wuschen es aus und füllte es, so lang es war, mit Speck, Blut, Leber, Lunge, Hirn und anderem, was man zu einer Wurst zu gebrauchen pflegt, und machten eine einzige Wurst, die so lang war als der ganze Darm.

Als nun der Tag kam, daß sie das Urtheil vollziehen und die Sau auffressen sollten, da wollten sie die Wurst zu einem Voressen haben, konnten aber keinen Hafen finden, welcher lang genug gewesen wäre, die Wurst der Länge nach darin zu kochen. Denn sie meinten gänzlich, der Hafen müßte so lang sein als die Wurst, wußten also nicht, wie die Sache zu thun wäre. Denn zu dem, daß sie keinen so langen Hafen bei der Hand hatten, wollte auch kein Töpfer oder Häfner sich unterstehen, ihnen einen solchen zu machen.

In solchem Zweifel und Unmuth geht der Schildbürger Einer durch das Dorf hinab, und als er vor etlichen Gänsen vorüber geht, fingen dieselben an zu schreien: Gigag, gigag! (Etliche Scribenten vermeinen, es sei ein Esel gewesen und habe geschrien – machts nicht so laut, da ich ihn nicht höre I a, I a, I a! – welches wohl sein mag.) Das hörte der Schildbürger, kehrte sich um und hatte die Gänse nicht recht verstanden, und vermeint, sie hätten gesagt *zwiefach, zwiefach:* ging derwegen wiederum zur Gemeinde und sprach: Es sei ihnen Allen wohl eine Schande, daß sie erst jetzund von den Gänsen sollten lernen, daß man die Wurst müsse zwiefach in den Hafen thun. Als die Gemeinde solcher vernahm, nahm sie es in fernere Überlegung und ward allda geschlossen (denn sie waren gute Logici: könne man die Wurst zwiefach kochen, so lasse sie sich auch dreifach kochen, denn was sich zweie, das dreie sich auch gern), derowegen auch vierfach und noch mehrfach. Also legten sie die Wurst so oftfach zusammen, bis sie so nahe zusammen kam, daß sie in einen gemeinen Hafen gelegt werden konnte (denn sie wollte nicht selber hineinspringen), ward also gekocht und ausgetheilt und Jedem ein Stück davon gegeben, welches ihm drei Mal um das Maul ging. Denn es mußte ein Jeder den einen Zipfel der Wurst ins Maul nehmen; mit dem andern Theil fuhren sie um den Kopf, und wenn sie das dritte Mal ans Maul kamen, so biß er es ab: das war alsdann sein Theil. Davon ist das Sprichwort noch heutiges Tages vorhanden, da die Schildischen sprechen: Man muß dir eine Wurst braten, die dir drei Mal ums Maul geht.

## Fünfunddreißigstes Kapitel

*Wie die Schildbürger einen Mühlstein gruben und Einer damit hinweg lief.*

Es hatten die Bauern eine Mühle gebaut, zu welcher sie mit allgemeinem Werk in einer Steingrube auf einem hohen Berg einen Stein gehauen und mit großer Mühe und Arbeit den Berg hinab gebracht. Als sie ihn drunten hatten, fiel ihnen ein, wie sie die Bauhölzer, so sie zu ihrem Rathhaus gebraucht, mit so geringer Mühe den Berg hinab gebracht, als sie dieselben selbst den Berg hinab laufen ließen, und sprachen deßhalb unter einander: „Nun sind wir doch große Narren, daß wir uns mit dem Hinabbringen so üble Zeit machen, da wirs doch wohl mit geringer Arbeit ausrichten könnten. Wir wollen ihn wieder hinauftragen und selber den Berg hinab laufen lassen, wie wir mit unserm Bauholz auch gethan."

Solches gefiel ihnen Allen, trugen also den Stein mit viel größerer Mühe den Berg hinauf, und wie sie ihn eben wieder abstoßen wollten, sprach Einer unter ihnen: „Wie wollen wir aber wissen, wo er hingelaufen ist? wer will es uns da unten sagen?" – „Ei," sagte der Schultheiß, welcher den Rath gegeben hatte, „dem ist wohl zu helfen: es muß sich Einer unter uns in dieses Loch stecken (wie denn die Mühlsteine in der Mitte ein großes Loch haben) und mit hinab laufen." Das ward nun für gut angesehen und alsbald Einer erwählt, welcher den Kopf in das Loch stieß und mit dem Stein den Berg hinablief.

Nun war zu unterst am Berg ein tiefer Fischweiher, in denselben fiel der Stein sammt dem Tropf, also, daß die Schildbürger beide, den Stein und den Mann, verloren und Keiner wußte, wo er hingekommen sein möchte. Also fiel ein Argwohn auf den Gesellen, welcher mit dem Stein gelaufen, als wäre derselbe mit dem Mühlstein entlaufen und wollte ihnen also das Ihrige entfremden; ließen derowegen in allen umliegenden Städten, Dörfern und Flecken öffentliche Briefe anschlagen: Wo Einer käme, mit einem Mühlstein um den Hals, den sollte man einziehen und ihm als Einem, so von gemeinem Gut gestohlen, sein Recht anthun. Aber der arme Teufel lag im Weiher und war todt: hätte er aber reden können, so wär er Willens gewesen, ihnen anzusagen, daß sie seinethalb ohne Sorge wären, er wolle ihnen das Ihre wiederum zustellen. Aber die Last hatte ihn dermaßen gedrückt und so tief hinunter gezogen, daß er, nachdem er genug Wasser gesoffen, ja mehr als ihm gut war, zu Tode starb und noch heut des Tages todt ist und todt bleiben will, soll und muß.

## Sechsunddreißigstes Kapitel

*Die Schildbürger haben Mitleid mit einem armen Nußbaum und was sie mit ihm vorgenommen haben.*

Nicht ferne von Schilde in Misnopotamien floß ein Wasser vorüber, an dessen Gestade ein großer Nußbaum haushielt: demselben hing ein großer Ast hinab bis über das Wasser und fehlte wenig, daß ers nicht berührte. Die Schildbürger sahen einstmals solches, und dieweil sie einfältige, liebe, fromme Leute waren, dergleichen Bauern man heutiges Tages wenig findet, hatten sie herzliches Erbarmen über den guten Nußbaum und großes Mitleiden mit ihm: gingen deßhalb darüber zu Rath und bedachten, was doch der gute Nußbaum für ein Anliegen hätte, daß er sich also zum Wasser neige?

Als nun hievon mancherlei Meinungen fielen, sagte letztlich mein Herr Schultheiß: Ob sie nicht närrische Leute wären? sie sähen doch wohl, daß der Baum an einem dürren Orte stünde und sich darum auf das Wasser neige, daß er gerne trinken wollte: er gedächte auch nicht anders, denn daß derselbige niederste Ast des Baumes Schnabel wäre, welchen er nach dem Trunk ausstreckte. Die Schildbürger faßten kurzen Rath, gedachten ein Werk der Barmherzigkeit zu thun, wenn sie ihm zu trinken gäben; legten derowegen ein großes Seil oben an den Baum, stellten sich jenseits des Wassers und zogen den Baum mit Gewalt herab, vermeinend, ihm also zu trinken zu geben. Als sie ihn schier gar bei dem Wasser hatten, befehlen sie Einem, auf den Baum zu steigen und ihm den Schnabel vollends in das Wasser zu tunken. Indem nun derselbe hinaufsteigt und den Ast hinunter in das Wasser tunket, so bricht den Bauern das Seil: da schnellt der Baum wieder in die Höhe und ein harter Ast schlägt dem Bauern auf dem Baum den Kopf ab: der fällt in das Wasser, daß ihn die Bauern nicht sehen, der Rumpf aber rutscht vom Baum herab und hat keinen Kopf mehr.

Dessen erschraken die Bauern sehr, welche auf der Stelle stehenden Fußes zu Gericht saßen und Umfrage hielten: ob er auch einen Kopf gehabt, da er auf den Baum gestiegen sei? Aber es konnte Solches ihrer Keiner wissen. Der Schultheiß sagte: er glaube gänzlich, er hätte keinen gehabt, als er mit ihnen hinaus gegangen, denn er habe ihn drei oder vier Mal gerufen, aber nie keinen Antwort von ihm gehört. Daraus er denn als ein guter Logicus schließe: habe er nichts gehört, so habe er auch keine Ohren gehabt; habe er keine Ohren gehabt, so habe er auch keinen Kopf gehabt, denn die Ohren müssen ja am Kopfe stehen. Doch wisse er es nicht so ganz eigentlich: darum wäre sein Rath, man sollte Jemand heim zu seinem Weibe schicken und sie fragen lassen: ob ihr Mann auch heut Morgen den Kopf gehabt hätte, als er aufgestanden und mit ihnen hinausgegangen sei.

Die Frau sagte, sie wisse es nicht; aber das sei ihr noch wohl bewußt: als sie verwichenen Samstag ihn gewaschen, da habe er den Kopf noch gehabt und viel Unflats hinter den Ohren: seitdem habe sie nie so gute Achtung darauf gegeben. „Dort an der Wand“, sagte sie, „hängt sein alter Hut: wenn der Kopf nicht darin steckt, so wird er ihn wohl mit sich genommen oder sonst wo hingelegt haben, das ich nicht wissen kann.“

Also sahen sie unter den Hut an der Wand, aber da war nichts und kann noch heutiges Tages im ganzen Flecken Niemand sagen, wie es doch dem Schildbürger mit dem Kopf ergangen sei, ob er ihn daheim gelassen oder mit sich hinaus getragen.

## Siebenunddreißigstes Kapitel

*Wie ein Schildbürger von dem andern einen Wagen entlehnen wollte.*

Zwei Bauern zu Schilde waren Nachbarn, d.h. sie hatten ihre Häuser nahe an einander. Auf einen Morgen gar frühe, etwa um die achte Stunde, kam der eine vor des Andern Fenster und klopfte mit einem Finger daran (damit man nicht meine, es sei mit einem Stiefel geschehen); der andere lag noch hinter dem Ofen (in der Hölle, wie sie es nennen) im Nest und mochte vor Faulheit nicht aus der Streu, sondern schrie mit lauter Stimme hervor: „Wer klopft da so frühe?“ – „Ich bins, Nachbar“, sprach der Andre; „was thut ihr?“ – Der in der Stube antwortete: „Hier liege ich und schlafe; was beliebt euch, Nachbar?“ – Der vor dem Fenster sprach: „Wenn ihr nicht schliefet, so wollte ich euch um euern Wagen gebeten haben; aber ich will über eine gute Weile, wenn ihr erwacht seid, wieder kommen." – „Das thut", sprach der in den Strohfedern. Vermeinten also diese beiden, wenn Einer im Bett liege, so schlafe er auch.

## Achtunddreißigstes Kapitel

*Wie ein Schildbürger seines Pferdes schonte, dasselbe aber verlor, indem er der Schildbürger Ehre zu retten bedacht war.*

Ein Schildbürger hatte gehört, daß man Niemand zu viel zumuthen und Keinem mehr aufladen sollte, als er tragen möge. Deßhalb pflegte er allezeit, wenn er das Mehl heimführen sollte (denn es war ein Müller und gewißlich frommer als sie gemeinlich sind), aufs Roß zu sitzen und die vollen Säcke mit Korn oder Mehl auf die Achseln zu nehmen, damit er das arme Thier nicht zu viel beschwerte. Mancher Herr und Frau thäten solches nicht mit ihrem Dienstboten: wenn sie die gar zu Eseln machen könnten, würden sie sich nicht lange bedenken.

Dieser Müller ritt auf eine Zeit über Feld heimwärts: da sah und hörte er auf zwei Bäumen, zwischen welchen die Grenze der schildischen Mark hindurch lief, einen fremden Gauch oder Kuckuk mit einem Schildischen Gauch einen Scharmutz halten, denn sie hatten eine gute Weile wider einander gekuckukt. Wie aber der Schildbürger sah, daß der fremde Gauch dem Schildischen mit Kucken überlegen war und etwa fünfzehn oder mehr Kuckuk mehr kuckte denn der ihre, stieg er zornig von seinem Roß, kletterte zu seinem Gauch den Baum hinauf und half ihm so viel und so lange kucken, bis der fremde Gauch überwunden war und Haar lassen mußte.

Hiezwischen kommt ein Wolf und frißt ihm sein Pferd unterm Baum; dennoch wollte er nicht herab, bis der fremde Gauch verjagt wäre: darum mußte er hernach zu Fuß heim reiten, auf seiner Mutter Füllen.

Sobald er aber heimkam, erzählte er dem Schultheiß und der ganzen Gemeinde, was er fürs gemeine Wohl für Ehre und Ruhm eingelegt habe, indem er ihrem Gauch gegen den fremden Gauch Hülf und Beistand geleistet; dagegen aber habe er einen kleinen Schaden erlitten. Denn dieweil er mit dem fremden Gauch im größten Ernst des Treffens gewesen, habe ihm unterdessen ein Wolf sein Pferd gefressen; daß ihms der Teufel gesegne. Solches wolle er ihnen also in guter Meinung angezeigt haben: ob sie ihm zu einem andern Pferd behülflich sein wollten.

Als der Schultheiß und die ganze Gemeinde ihres Mitbürgers Rede vernommen, haben sie für unbillig geachtet, daß Einer, der so fleißig und ernstlich der ganzen Gemeinde Ehr und Namen bedacht hätte, darob Schaden sollte leiden: beschlossen derowegen, daß ihm aus dem gemeinen Säckel ein ander Roß gekauft und noch eine Verehrung dazu gegeben werden sollte. Das geschah auch.

## Neununddreißigstes Kapitel

*Wie die Schildbürger ihre Glocken in den See verbergen.*

Auf eine Zeit, als Kriegsgeschrei einfiel, fürchteten die Schildbürger sehr um Hab und Güter, daß ihnen die von den Feinden nicht geraubt und hinweggeführt würden; sonderlich war ihnen angst um ihre Glocken, welche auf dem Rathhaus hingen, denn sie gedachten, man würde sie ihnen hinwegnehmen und Büchsen daraus gießen. Also wurden sie nach langem Rathschlag eins, dieselben bis zu Ende des Krieges in den See zu versenken und sie alsdann, wenn der Krieg vorüber und der Feind hinweg wäre, wiederum heraus zu ziehen und aufzuhenken. Also trug man sie in ein Schiff und führte sie auf den See.

Als sie aber die Glocken hinein werfen wollten, sagte Einer von ohngefähr: „Wo wollen wir aber den Ort wieder finden, wo wir sie hinaus geworfen haben, wenn wie sie gern wieder hätten?“ – „Da laß dir“, sprach der Schultheiß, „kein grau Haar um wachsen.“ Ging damit hin und schnitt mit dem Messer eine Kerbe in den Schiffsrand an der Stelle, wo die Glocken hinausgeworfen wurden. „Hier bei diesem Schnitt“, sprach er, „wollen wir sie wieder finden.“ Also wurden die Glocken hinaus geworfen und versenkt. Nachdem aber der Krieg aus war, fuhren sie wieder auf den See, ihre Glocken zu holen und fanden den Kerbschnitt an dem Schiffe wohl; aber die Glocken konnten sie darum nicht finden, noch den Ort im Wasser, wo sie solche hinein gesenkt. Also ermangeln sie noch heutiges Tages ihrer guten Glocken.

## Vierzigstes Kapitel

*Von einem Reiter zu Schilde.*

Ein Schildbürger ritt mit andern hinweg und allweg, wo die andern abstiegen, da stieg er auch mit ihnen ab; wenn sie aber wiederum aufsaßen, blieb er allezeit stehen, bis sich die andern Alle zu Roß gesetzt hätten, alsdann saß er auch auf und ritt fort mit ihnen. Einer fragte ihn: warum er das thäte? Dem antwortete er: er thue es, weil er sein Roß von den andern Rossen nicht unterscheiden könne, und fürchte, er möchte sich einem andern auf das seine setzen. Wenn sie aber Alle aufgesessen wären, so wisse er, daß das übrig gebliebene sein wäre. He, he, he, he, hem.

Einstmals ritten sie durch ein Dorf, da warfen die bösen Buben auf der Gasse mit Steinen und traf Einer von ohngefähr diesen Reiter hinten an den Kopf. Er nicht unbehend, steigt von seinem Roß ab und bittet einen andern mit ihm zu wechseln: das geschah. Hernach fragt ihn der Andere, warum er gewechselt habe? Da sagte er ihm: als er durch das Dorf geritten sei, da habe sein Pferd angefangen auszuschlagen und ihn von hinten zu an den Kopf geschlagen, darum habe er nicht mehr darauf reiten wollen. Denn er hatte des Buben nicht wahrgenommen, welcher ihn geworfen, darum meinte er: das Pferd, auf welchem er gesessen, habe ihn hinter die Ohren geschlagen. Der Esel hatte es vielleicht gethan.

## Einundvierzigstes Kapitel

*Eine merkliche Geschichte, so sich mit einem Krebs zu Schilde zugetragen.*

Ein unschuldiger, armer Krebs hat sich auf eine Zeit irre gegangen, und als er vermeinte in ein Loch zu kriechen, kam er zu allem Unglück zu Schilde in das Dorf. Als ihn etliche gesehen hatten, daß er so viele Füße hatte und hinter sich und vor sich gehen konnte und was dergleichen Tugenden mehr ein ehrlicher, redlicher Krebs an sich hat, erschraken sie über die Maßen sehr darüber, indem sie vormals nie einen gesehen, schlugen deßwegen Sturm und kamen Alle über das ungeheure Thier zusammen und zerriethen sich, was es doch sein möchte? Niemand konnte es wissen, bis zuletzt der Schultheiß sagte: Es werde gewißlich ein Schneider sein, dieweil es zwo Scheren bei sich habe. Solches zu erkundigen, legten ihn die Bauern auf ein Stück lündisch Tuch, woraus die Bauern ihre Wölfe (Röcke) machen, und wie der Krebs darauf hin und her kroch, da schnitt ihm Einer mit der Schere hinten nach. Denn sie vermeinten nicht anders, denn der Krebs, als ein rechtschaffener Meisterschneider, entwerfe das Muster eines neuen Kleides, welches sie, wie unsere Schildbürger heut zu Tag auch thun, nachäffen wollten. Also zerschnitten sie endlich das Tuch ganz, daß es zu nichts mehr nütze war.

Als sie nun sahen, daß sie sich selbst betrogen hatten, da trag Einer unter ihnen auf und sprach: Er habe einen sehr wohlerfahrenen Sohn, der sei in drei Tagen zwo Meilen Weges weit und breit gewandert, habe viel gesehen und erfahren, ohne Zweifel werde der ihrer mehr gesehen haben und wissen, was es sei. Also ward der Sohn berufen: derselbe besah das Thier lang, hinten und vorn, wußte nicht, wo er es angreifen sollte oder wo es den Kopf hatte. Denn wenn der Krebs hinter sich kroch, so meinte er, er hätte den Kopf beim Schwanz, konnte sich also gar nicht drein finden und sprach endlich: „Nun hab ich doch mein Tage hin und her viel Wunders gesehen; aber dergleichen ist mir noch nicht vorgekommen. Doch, wenn ich sagen soll, was es für ein Thier sei, so sprech ich nach meinem hohen Verstande: Wenn es nicht eine Taube ist oder ein Storch, so ist es gewißlich ein Hirsch: unter diesen muß es Eins sein."

Die Schildbürger wußten jetzt eben so viel als vorher, und als ihn Einer angreifen wollte, erwischte ihn der Krebs mit der Schere dermaßen, daß er anfing, um Hülfe zu rufen und zu schreien: Es ist ein Mörder, ein Mörder! Als Solches die Andern vernommen, hatten sie schon genug: besetzten darum alsobald gleich auf der Stelle ohne Verzug von Stund an eilends allda am selbigen Ort auf dem Platz, da der Bauer gebissen worden, das Gericht und ließen ein Urtheil über den Krebs ergehen, das lautete ohngefähr folgendermaßen: Sintemal Niemand wisse, was dieses für ein Thier sei, sich jetzt aber befinde, dieweil es sie betrogen, indem es sich für einen Schneider ausgegeben und es doch nicht sei, daß es ein leutebetrügendes und schädliches Thier sei, ja ein Mörder: also erkennten sie, daß es solle gerichtet werden, als ein Leutebetrüger und Mörder, mit dem Wasser und was dazu gehört.

Solchem Urtheil Statt zu geben ward Einem unter ihnen befohlen. Derselbe nahm den Krebs auf ein Brett und trug ihn dem Wasser zu. – Die ganze Gemeinde zu Schilde ging mit: da ward er in Beisein und im Angesicht eines Jeglichen hineingeworfen. Als der Krebs in das Wasser kam und sich wiederum empfand, zappelte er und kroch hinter sich. Solches ersahen die Bauern: da fingen ihrer Etliche an zu weinen und sprachen: „Nun sollt Einer wohl fromm sein: schaut doch, wie thut der Tod so wehe!“

## Zweiundvierzigstes Kapitel

*Wie die Schildbürger ihrem Kaiser Volk zuschickten und wie es ihrer Soldaten Einem erging.*

Das Geschrei von dem Krieg, um dessentwillen die Schildbürger obgehörtermaßen ihre Glocken in die tiefe See versenkt, war nicht so gar nichtig, daß sie es nicht auch in der That selber empfunden hätten. Denn innerhalb weniger Tage kam Befehl an sie, etliche Knechte zur Besatzung in die Stadt zu schicken: welches sie auch thaten.

Derselbigen Schildbürger Einem, und nicht dem geringsten, begegnete, als er in die Stadt einzog, der Kuhhirt, welcher seine Unterthanen, Kühe, Kälber und Ochsen, eben austreiben wollte. Und als er sich nicht anders spreizte und räkelte, als drei Eier in einer Bütte oder in einem Korbe, berührte ihn eine Kuh mit dem Horn nur ein wenig. Darob erzürnte er solchermaßen, daß er seinen Dolch auszog, seine Fuchtel in die Hand nahm, gegen die Kuh hintrat und sprach: Bist du eine ehrliche und redliche Kuh, so stoße mich noch einmal. Aber die Kuh war nicht so ehrlich und redlich, daß sie hätte dürfen ein Wörtchen sagen.

Auf eine Zeit thaten sie aus der Stadt einen Ausfall auf die Feinde, von den Bauern Hühner und Gänse zu erbeuten. Nun hatte der gemeldete Schildbürger kurz zuvor ein Panzerblech, einer Hand breit, gefunden, und als er eben damals ein neues Kleid machen lassen, dem Schneider befohlen, selbiges unter das Futter ins Wamms zu vernähen und vor das Herz zu setzen, damit er desto sicherer wäre und gelegentlich einen Puff aushalten könnte. Wie ihm denn auch einmal ein solches Glück widerfahren war, als er ein halbes Hufeisen gefunden und solches untern Gürtel gesteckt hatte, daß er damit einen Schuß auffing, welcher ihm sonst sein Leben gekostet hätte. Weshalb er sich denn nachmals um den Gürtel ganz mit Hufeisen behängte und solche statt eines Harnisches gebrauchte. Als nun der Schildbürger auch mit hinaus lief, eine Beute zu erjagen, kamen die Bauern und jagten ihn. Da wollte er über einen Zaun springen, blieb aber mit den Hosen an einem Zaunstecken hängen. Da stach der Bauern Einer nach ihm mit einer Hellebarde, daß er vollends hinüber fiel und davon lief, also daß ihm nichts zu Leide geschah. Darüber verwunderte er sich sehr und beschaute seine Hosen, um zu sehen, was es doch sei, das ihm den Stich aufgehalten hatte. Da befand er, daß ihm der Schneider das Panzerblech vor den Hintern gesetzt und ins Futter vernäht hatte. Ei, nun danke Gott, sprach er, diesem Schneider, der mir dies Kleid gemacht: wie hat er so wohl gewußt, besser als ich selber, wo mir das Herz liege!

## Dreiundvierzigstes Kapitel

*Wie die Schildbürger einen Maushund und hiemit ihr endliches Verderben kaufen.*

Nun hatten die zu Schilde keine Katzen, wohl aber so viel Mäuse, daß ihnen auch im Brodkorb nichts sicher war: was sie nur neben sich stellten, das ward ihnen zerfressen und zernagt, worüber sie denn sehr in Ängsten waren. Es begab sich aber auf eine Zeit, daß ein Wandersmann durch ihr Dorf zog, der trug eine Katze auf dem Arm und kehrte bei dem Wirthe ein. Der Wirth fragte ihn: was doch dies für ein Thier sei? Er sprach: „Es ist ein Maushund." Nun waren die Mäuse zu Schilde so heimisch und zahm, daß sie auch vor den Leuten nicht mehr flohen und bei hellem Tag ohne alles Scheuen hin und her liefen; darum ließ der Wandersmann die Katze laufen: da erlegte sie alsobald, in Beisein des Wirths, der Mäuse gar viel.

Als Solches der Gemeinde durch den Wirth angezeigt ward, fragten sie den Mann, ob der Maushund feil wäre? sie wollten ihm solchen wohl bezahlen. Er antwortete: er sei ihm zwar nicht feil; weil sie ihn aber so nothwendig hätten, so wollt er ihnen denselben wohl zu Theil werden lassen, wenn sie ihm dafür geben wollten, was recht sei: er forderte also hundert Gulden dafür. Die Bauern waren froh, daß er nicht mehr gefordert hatte, wurden des Kaufs mit ihm eins, die Hälfte bar zu bezahlen, das Übrige sollte er über ein halbes Jahr holen kommen. Also ward von beiden Theilen der Kauf bewilligt und dem Fremden das halbe Geld gegeben: dafür trug er ihnen den Maushund in die alte Burg, worin sie ihr Getreide hatten, da auch die meisten Mäuse gewesen. Der Wanderer zog eilends mit dem Geld hinweg und fürchtete, daß sie etwa Reukauf haben und ihm das Geld wieder nehmen möchten: darum sah er im Gehen oft hinter sich, ob ihm nicht Jemand nacheile.

Nun hatten die Bauern vergessen zu fragen, was der Maushund esse: darum schickten sie dem Wandersmann in Eile Einen nach, der ihn deßhalb fragen sollte. Als der mit dem Gelde sah, daß ihm Jemand nachlaufe, eilte er desto mehr, also, daß ihn der Bauer nicht ereilen mochte: darum schrie er ihm von Ferne zu: „Was isset er? was isset er?“ Jener antwortete: „Was man ihm beut.“ Der Bauer hatte verstanden: *Vieh und Leut*; kehrte derohalben in großem Unmuth wieder heim und zeigte Solches seinen gnädigen Herren an. Diese erschraken darob sehr und sprachen: Wenn er keine Mäuse mehr zu fressen hat, so wird er hernach unser Vieh fressen und endlich uns selbst, ob wir ihn schon mit unserm guten Geld an uns gekauft haben. Beschlossen demnach, die Katze zu tödten; aber Keiner wollte sie angreifen. Darum wurden sie Raths, sie in der Burg mit Feuer zu verbrennen, denn es wäre besser, einen geringen Schaden zu tragen, als daß sie Alle sollten um Leib und Leben kommen. Also zündeten sie die Burg an.

Da aber die Katze das Feuer roch, sprang sie zu einem Fenster hinaus, kam davon und floh in ein ander Haus; das Schloß aber brannte bis auf den Boden hinweg.

Niemand war je ängstlicher als die Schildbürger, die des Maushunds nicht ledig werden konnten: hielten derowegen ferner Rath und kauften das Haus, in das die Katze entkommen war, auch an sich und steckten es gleichfalls in Brand. Aber die Katze sprang auf das Dach, saß da eine Weile und putzte sich, wie ihre Gewohnheit war, mit dem Tätzlein über den Kopf. Das verstunden die Bauern, als hübe die Katze eine Hand auf und schwüre einen Eid, daß sie Solches nicht wollte ungerächt lassen. Da wollte Einer mit einem langen Spieß nach der Katze gestochen haben: sie aber ergriff den Spieß und fing an, daran herab zu laufen, dessen Jener und die ganze Gemeinde erschraken, davon liefen und das Feuer brennen ließen. Und dieweil dem Feuer Niemand gewehrt und gelöscht hat, verbrannte das ganze Dorf bis auf ein Haus und kam gleichwohl die Katze davon; die Bauern aber waren mit Weib und Kind in einen Wald geflohen. Damalen verbrannte auch ihre ganze Kanzlei: also daß von ihren Geschichten nichts Ordentliches mehr verzeichnet zu finden.

## Vierundvierzigstes Kapitel

*Wie die Schildbürger rathschlugen, andere Wohnungen zu suchen und Alle davon zogen.*

Es war den Schildbürgern angsthaft, sie wußten nicht, was hierin zu thun das Beste wäre. Ihre Häuser waren verbrannt, Hab und Gut zugleich. Dazu mußten sie vor dem leidigen Murner in Ängsten schweben, der einen Eid geschworen hatte, sich an ihnen zu rächen. Sie sannen derwegen auf Rath und fanden nichts Besseres, als daß sie andere Wohnungen suchten, wo sie vor dem Maushund sicher wohnen möchten. Also verließen sie ihr Vaterland und zogen von einander, Einer hier mit Weib und Kind, der Andere dort hinaus, ließen sich an vielen Orten nieder und pflanzten ihre Zucht weit und breit aus.

Es ging eben dazumalen mit den Schildbürgern zu, wie man einer Stadt pflegt zu sagen, darin sei das Hurenhaus verbrannt, aber die Funken in alle Häuser gestoben. Also ging es mit diesen auch, denn wo sie sich niederließen, da zeugten sie Narren, gleich wie sie auch Narren waren. Daher sagt man noch heutiges Tages von so viel närrischen Bauern und Schildbürgern, welche hin und wieder wohnen und viel wunderliche seltsame Possen reißen: welche Alle von diesen entsprossen oder solche närrische Possen von denen gelernt und ererbt haben, welche sich bei ihnen niedergelassen.

Woran denn augenscheinlich zu sehen, welche ein erblich Ding es sei um die Narrethei und Thorheit, und wie bald Einer, so sich ihrer annimmt, darüber zum Gecken werde und nicht anders sich damit besudle, als wenn er Koth angerührt hätte: denn er bleibt ein Narr, wo ihm der Geck nicht bald in der Jugend geschnitten wird. Welches denn Männiglich zur Warnung dienen soll, damit er sich wisse davor, als einem lachenden Gift, zu hüten.

Wem Gott giebt, daß er klug und weis,
Hab es zu bleiben Müh und Fleiß.
Die selber sich zum Narren machen,
Derselben soll man billig lachen.
Wart, bis das Alter kommt mit Fug,
So wirst du kindisch früh genug.